BELAS ARTES

Belas Artes

Luis Sagasti

Tradução de
Fernando Miranda

© Editora Moinhos, 2019.
© 2011, Luis Sagasti, em acordo com Eterna Cadência Editora

*Obra editada no âmbito do Programa "Sur" de Apoio às Traduções
do Ministério das Relações Exteriores e Culto da República Argentina.*

Edição Camila Araujo & Nathan Matos
Assistente Editorial Sérgio Ricardo
Revisão, Diagramação e Projeto Gráfico LiteraturaBr Editorial
Capa Sérgio Ricardo
Tradução Fernando Miranda

Dados Internacionais de Catalogação na Publicação (CIP) de acordo com ISBD

S129b
Sagasti, Luis
Belas artes / Luis Sagasti; traduzido por Fernando Miranda.
Belo Horizonte, MG : Moinhos, 2019.
104 p. ; 14cm x 21cm.
ISBN: 978-65-5026-027-9
1. Literatura argentina. 2. Romance. I. Miranda, Fernando. II. Título.

2019-1710

CDD 868.9932
CDU 821.134.2(82)

Elaborado por Odilio Hilario Moreira Junior – CRB-8/9949

Índice para catálogo sistemático:
1. Literatura argentina 868.9932
2. Literatura argentina 821.134.2(82)

Todos os direitos desta edição reservados à Editora Moinhos
www.editoramoinhos.com.br
contato@editoramoinhos.com.br
Facebook.com/EditoraMoinhos
Twitter.com/EditoraMoinhos
Instagram.com/EditoraMoinhos

Sumário

1 Vagalumes	11
2 Haicai	17
3 Cordeiros	55
4 Enuma Elish	67
5 Tinnitus	75
6 Bolhas	87
7 Pirilampos	95
8 Vagalumes	97
Apêndice	101
Agradecimentos	103

A Camila e Jeremias

*Ahí va el Capitán Beto por el espacio,
la foto de Carlitos sobre el comando
y un banderín de River Plate
y la triste estampita de un santo.*

Luis Alberto Spinetta

1 VAGALUMES

O mundo é um novelo de lã.

Uma meada cuja ponta não é fácil de achar.

Às vezes, alguém agarra uma parte da superfície, a puxa, fica segurando um pequeno pedaço do fio e, de um só golpe, o corta. Depois, se outra ponta é encontrada, haverá tempo para atá-las. Uma receita de cozinha.

Algumas pessoas pensam que o mundo é um novelo de lã de um cordeiro que foi sacrificado há muito tempo, para que todo mundo possa se proteger.

E acham reconfortante essa ideia.

E há aqueles que pensam que na verdade o mundo está preso por fios. Como se a verdadeira meada estivesse em outro lugar. Então, são publicados títulos e mais títulos que tentam explicar coisas como *quem move os fios do mundo*. Capa de revistas: sobre um fundo negro, dois olhos ameaçadores. E há escritores que escrevem livro sobre esse tema. Tudo isso não passa da famosa teoria das conspirações. Explicação que é resultado de uma preguiça intelectual extraordinária: um grupo de homens decide tecer a trama de nossas vidas. Sem mais nem menos. Porque: a) são bons e puros; b) querem preservar seus rendimentos; c) são maus, muito maus; d) guardam um segredo que se fosse descoberto por todos nós, seria o fim para nós e, claro, para eles. Para quem leia o mundo dessa maneira, qualquer conspira-

Belas Artes 11

ção, porque as conspirações sempre existiram, sabemos, é o resultado visível de uma conspiração maior. E as pequenas conspirações estão todas relacionadas entre si. O homem não chegou à lua; Paul McCartney morreu em 1967 e foi substituído por alguém igual a ele; Cristo desceu da cruz, teve gêmeas com Magdalena; Shakespeare é Francis Bacon; a Logia Lautaro é uma ramificação da maçonaria, que é uma ramificação da Rosa Cruz, que é uma ramificação dos gnósticos, e a árvore fica tão grande que além de não permitir ver o bosque, enche tudo de sombras, onde aparecem então os dois olhos negros ameaçadores, que querem que saibamos que há alguma coisa que é melhor não sabermos. Porque, e isso sim que sabemos, os conspiradores sempre deixam pistas, como se tudo não passasse de um jogo de esconderijo. Para as pessoas que pensam dessa forma, qualquer segredo se constitui num complô, porque, quando se conspira, se respira bem baixinho, em uníssono, do mesmo modo quando um segredo é contado.

Ninguém deveria acreditar nelas, mas sim nos segredos. Pois no fim das contas, a infância não era outra coisa senão o desvelamento progressivo de segredos bem guardados. Revelar tudo de uma vez só, não é revelar nada. A escuridão mais pura e a luz mais branca cegam da mesma maneira. Ver que nosso presente de dia de reis já foi comprado pelo nosso pai pelos próximos cinco anos.

Como saber quando não existem mais segredos? Quando é possível saber uma coisa dessas? Ou será que não há nada para saber?

Há segredos que fazem que o mundo funcione de determinada forma. Mas não deveriam ser chamados de segredos. Seria mais prudente dizer *omissões*. Para que a máquina continue funcionando é melhor não dizer certas coisas. Toda família guarda um terrível segredo que, ao ser pressentido, cai no silêncio.

E há quem acredite que existem fios que sustentam o mundo *desde dentro*, como se o mundo fosse um grande novelo e nós fôssemos algo como insetos, formigas, moscas, dando voltas e sobrevoando em volta dele. Uma meada em que alguém tece alguma coisa. Ou talvez ninguém teça nada de nada. Um enorme cachecol sem Penélope, crescendo sem sentido no silêncio eterno dos espaços infinitos.

Do que sim temos certeza é que faz milhares de anos que a meada dá voltas sem parar.

Disso já sabiam os primeiros xamãs, bastava olhar as estrelas.

Não dá para ver bem as agulhas nem o pulôver ou o cachecol que sai disso tudo. Quem experimentaria. Um deus morto de frio na imensidão do espaço ou um deus que é o espaço a duzentos e setenta graus abaixo de zero, imóvel, congelado, observando que na meada giratória aparecem, de tempos em tempos, insetos fosforescentes que parecem vaga-lumes, que aparecem de um lado e do outro do novelo, como se pudessem atravessá-lo. Atravessá-lo, sim. De um lado a outro. Apenas esses vaga-lumes parecem fugir das agulhas. Ou talvez eles mesmos sejam as agulhas.

Lá fora faz frio; lá em cima faz frio. Sim, as estrelas no céu: centenas de milhares de graus e o zero absoluto é a distância que se cultiva entre umas e outras. A linha reta que une as Três Marias, por exemplo, é uma agulha de gelo mantido a duzentos e setenta graus abaixo de zero. Todas as constelações são feitas com agulhas de gelo que refle-

Belas Artes 13

tem enormes animais que se escondem em algum lugar desse planeta-novelo.

Entre os homens deveríamos procurar apenas os vaga-lumes; o resto são animais cuja forma congelada (geada) se reflete nos céus.

Deveríamos nos transformar em vaga-lumes?

E desde que pela primeira vez os homens levantaram a cabeça e observaram as estrelas e começaram a diferenciar, através dos fios invisíveis de prata que as unem, começaram também a contar a história. De por que o novelo dá voltas para regressar todo ano ao mesmo lugar; quem é o costureiro, o grande animal, a grande rena, o grande urso, a grande lebre que com essas agulhas de gelo tece seu pulôver para proteger quem vai ali, já que sua pele é tão branca como seus próprios ossos. E durmam o sonho sem imagens e se transformem, claro, no sonho de outros. Ou ofereçam material para sua insônia.

Lá em cima faz muito frio. Por isso a história do grande pulôver é narrada junto ao fogo. E uma vez atrás da outra. E lá de cima, sentado na borda das agulhas de gelo que separam as estrelas, se consegue ver o fogo faiscando?, se pode ver a luz das cavernas?

Homens insetos, como um novelo, reunidos em volta do vaga-lume, que com seu relato ilumina a noite.

Faz frio lá fora. Convém sempre começar por onde faz frio, ou por onde haja líquido. Essa é a ponta do novelo. Para assim chegar mais tarde ao calor da boa terra.

Por onde começar, se não encontramos a ponta e não queremos romper a meada?

Começar pelas bocas abertas dos que diante do fogo escutam a história do novelo, por exemplo. Ou a boca aberta dos que morrem de frio.

Sempre que é a *primeira vez*, a boca se abre. Reproduz o abismo gelado que distancia as estrelas.

A respiração se detém no começo e no final. Sempre. A boca se abre. Ou os olhos, que são duas bocas que engolem tudo. O mundo cabe no corpo e assim que o ocupa completamente, explode contra o solo e sai em um grito. Ou em um suspiro.

Um, dois, três, e o *quatro* que não é pronunciado, a banda que não respira, e aí sim, a música das esferas começa a soar.

2 Haicai

Durante o inverno de 1943, um dos mais duros de que temos lembrança, também porque ninguém tinha nada no estômago, o Stuka conduzido pelo oficial Joseph Beuys foi atingido por um caça russo após um breve combate no céu da Crimeia. Lá embaixo, o frio fazia com que as folhas dos abetos ficassem transparentes: os bosques translúcidos, um jogo de espelhos azuis que fazem o avião se partir em centenas de fragmentos antes de tocar a terra. O rosto de Beuys passa como um raio pelos espelhinhos de neve pendurados nas árvores. Os espelhos de neve como minúsculos haicais perfeitos. Tudo não dura mais que uma centena de anos que se ajeitam muito bem para caber num piscar de olhos. Fazia quase dois dias que a neve caía devagar, espalhando partículas de silêncio nos galhos, no solo. A neve absorve parte do barulho do avião se desfazendo, porém o som de milhares de espelhos quebrados chega ao ouvido atento dos tártaros. A perícia ou a sorte do piloto evitaram que o avião caísse de ponta e explodisse. O oficial Beuys, gravemente ferido, é resgatado inconsciente e quase congelado por um grupo de tártaros nômades que ignoram a guerra. Nesses anos todos, aprenderam que quando se escutam trovões sem tormenta, a melhor coisa é se refugiar debaixo das árvores maiores. O copiloto quebrou o pescoço. Se chamava Gunnar Vogts. Nunca se soube onde seu corpo foi parar.

Belas Artes 17

Durante um tempo que Beuys não podia calcular, a morte o vigia de perto, mas o xamã dos tártaros a mantém afastada: com gordura animal, unta os ferimentos do aviador, enrolando-o num feltro: a pele da lebre é a melhor coisa para proteger alguém do frio; recita as preces que aprendeu numa das três noites em que não há lua. Em dois dias, a morte vai rondar em outro lugar. Ao voltar a si, o aviador começa a falar em um idioma de palavras feitas de febre, inseparáveis umas das outras, incompreensíveis até mesmo para o xamã, que conhece a linguagem dos animais. O homem que caiu do avião tem os olhos claros, lábios grossos. Está tonto demais para que o medo possa se expressar na sua face. Os tártaros o mantém desperto durante a maior parte do dia, sempre enrolado no cobertor de feltro. Mais parece uma múmia. Descansa diante de uma fogueira que não viu ser acesa. Treme (de frio). Não sabe direito quando está sonhando e quando não está, se está quente ou frio. Imagina acordar no meio da noite. Vê coisas. Ou não, talvez não veja nada. É provável que não veja nada. O cérebro é uma panela no fogo. Os neurônios são milhares de espelhos quietos que refletem sem julgar – nisso consiste sua felicidade. Os tártaros passam na frente dele: são feixes de luz. Os rostos vêm de cima, como se caíssem diante dos seus olhos. Alguns sorriem, outros observam assustados. O xamã aparece de noite e Beuys vê que sua cabeça está acesa. Anos mais tarde, Beuys lembrará ter estado dentro de uma tenda muito grande. O teto era azul destingido e nele se notava – pintadas?, costuradas? – uma série de estrelas amarelas e brancas.

– Tentei reconhecer algumas constelações, mas não consegui: as estrelas se moviam sempre que olhava para elas. Uma vez o xamã aponta um lugar vazio entre duas estrelas e diz alguma coisa impronunciável para Beuys. No entanto, essa palavra que o xamã repete de vez em quando, apontando para o espaço vazio entre as estrelas, acalma a Beuys. Ele nem ao certo sabe o que come, mas aos poucos sente seu corpo revigorando. Certo dia, se levanta, sai da tenda e caminha não sei quantos passos, sem precisar de ajuda. Os tártaros o acompanham com os olhos. Um menino se esconde atrás da mãe e espia o aviador. Beuys se vira e o xamã responde com um sorriso.

Em pouco tempo – não sabe precisar se passaram dois ou três dias –, uma patrulha alemã o resgata. Beuys termina sua recuperação em um hospital de campanha. Quem retorna ao combate, dentro de um mês, é outra pessoa, que será sucessivamente condecorada, degradada por rebeldia, presa pelos ingleses e, finalmente, devolvida à Alemanha assim que a guerra acabe. As cicatrizes da cabeça acabarão sendo cobertas por um chapéu de feltro especialmente fabricado com tecido Stetson de Londres. Longos casacos de pele, às vezes coletes de pesca, completam seu uniforme. Pouquíssimas fotos o mostram sem esse traje. Vinte e cinco anos após o acontecido em Crimeia, Joseph Beuys se transforma em um dos artistas mais influentes do mundo.

Em 1969, Kurt Vonnegut publica *Matadouro cinco*. A embarcação insígnia da minha pequena frota, declara em uma reportagem. Leia-se como se leia, e há muitas maneiras de fazê-lo, sempre estará entre as cinco candidatas a *grande novela americana* do século XX. Em 1944, Vonnegut é tomado como prisioneiro pelos alemães, após a batalha de Ardenas. É transportado e encarcerado no matadouro número cinco da cidade de Dresden. A beleza da cidade é um ímã que atrai a ira dos aliados: em fevereiro de 1945, a Florença do Norte, como era chamada, é destruída pelas bombas. Alguns anos antes, os alemães tinham atacado Coventry. Agora recebem a lição: nas joias da coroa não se toca. Vonnegut é um dos sete americanos que sobrevivem. Uma semana antes do bombardeio, sua mãe se suicidava em Chicago. Vonnegut tentará a mesma coisa, e sem êxito, em 1985. O coquetel de comprimidos e álcool que é o mesmo que sua mãe tinha tomado. Depois da guerra, Vonnegut se instala em Nova Iorque. Para além de cínico, a guerra o convertera em um depressivo crônico; bebia e fumava demais.

O protagonista de *Matadero cinco* se chama Bill Pilgrim e é, claro, um alter ego de Vonnegut. Bill pode deslocar-se a diferentes lugares, passados e futuros, de sua própria vida. Acontece de maneira involuntária. Nas primeiras páginas da novela, Vonnegut escreve que muitos anos depois da guerra, o avião que transportava Bill Pilgrim de Ilium a Montreal se chocou com o pico do monte Sugarbush, em Vermont. Todos morreram, menos Bill. O acidente "lhe deixou uma terrível cicatriz na parte superior da cabeça".

Depois deste acidente, Bill Pilgrim começou a dizer que tinha sido raptado pelos alienígenas do planeta Tralfamadore.

Em outubro de 1992, o museu estatal de Gelsenkirchen publica uma seleção de trabalhos de Joseph Beuys, intitulado *Mensch, Natur und Kosmos*. O volume tem um breve estudo preliminar de Franz van der Grinten. Se trata de uma série de aquarelas pintadas pelo alemão entre 1948 e 1957. Estão desenhadas em folhas de bloco ou papéis de anotação. A maior mede trinta e dois por vinte e cinco centímetros, e apesar de a edição ser muito boa, o traço a lápis da maioria delas é tão fino que custa identificar as formas. Cervos, mulheres, água, árvores pintadas com raios de lua. Nos primeiros, por sua vez, o traço e as cores são mais enérgicos. Na capa do livro aparece um desenho enérgico – muito mais enérgico que todo o resto: um cervo, o primeiro de uma série que não se advinha, duas mulheres, talvez, detrás um vulcão em erupção ou uma árvore, quem sabe, desenhados com traços secos, azuis, nervosos.

A semelhança entre as aquarelas pintadas por Beuys depois da guerra, por volta de 1955, e os esboços do Pequeno Príncipe que Saint-Exupéry desenhou, é às vezes assombrosa. Nos dois casos predomina um certo marrom, âmbar; as figuras, sem peso nem sustentação. Os corpos estão levemente atravessados por manchas. Em Saint-Exupéry, que não era pintor, se nota claramente que são formas rascunhadas, a prefiguração de algo que ainda está longe de ser definitivo; Beuys, por sua vez, que já tinha retornado da guerra, sabe que nada pode senão esboçar-se, prometer o que nunca se dará; suas aquarelas são uma imagem daquilo que se espera (e que se espera que nunca aconteça). Um dos trabalhos de Saint-Exupéry é uma raposa dormindo; o traço delineia o contorno inquieto, e aqui e ali o mesmo traço é vacilante; a raposa não dorme, embora pareça fazê-lo; quer dizer, essa raposa nunca pode dormir, com

Belas Artes 21

um corpo tão vacilante, cardíaco. Debaixo dela, na mesma folha, há algo parecido a um puma. Está invertido, como oculto debaixo da terra, como se cavasse para se encontrar com o corpo da raposa. Beuys prefere outros animais para seus desenhos. Os alces, por exemplo. Debaixo do cervo na capa há um sol e os raios que atravessam o animal. Muitos dos desenhos de Beuys são bem pouco legíveis, nanquim sobre papel vegetal. Mesmo assim, quase indecifráveis, o traço permanece inalterado. Para o alemão, os animais eram uma espécie de seres angelicais. Esse conceito se deve não apenas às leituras que fazia do filósofo Rudolf Steiner, fundador de uma corrente filosófica, para nomeá-la de alguma maneira: a antroposofia, mas também a sua estadia junto aos tártaros nômades. De fato, estando possuído pelo delírio da febre nos bosques da Crimeia, enrolado em feltro, untado de gordura, mais parece um alce. Gigante, como eram os megatérios. Um alce megatério ou mega-alce que começa a dançar na frente dele. Beuys escuta as pandeiretas tártaras e flautas feitas com ossos desses mesmos alces. Beuys conta que mal a melodia termina, o alce se transforma em xamã. Ele treme porque sente calor e sente frio. Os tártaros começam a desmontar o acampamento, rápida e silenciosamente. Pelo que parece, alguém avisou que os russos se aproximam. Apagam as fogueiras. Lá do alto, parecem vaga-lumes brilhando. Fogem em direção ao oeste, onde havia caído o avião de Beuys. Montam-no num cavalo. Cruzam-no sobre o lombo e o amarram com cordas. Beuys aperta a barriga contra o corpo do animal, e quando começa o trote, logo vomita.

– Vomitava as estrelas da tenda do xamã. Estrelas amarelas e brancas.

Tudo é desjeitoso e brilhante.

Bill Pilgrim voltará não sei quantas vezes a Dresden, ao matadouro cinco, onde salvou sua vida. Em uma de suas viagens no tempo, tem a má sorte de ser abduzido por uma civilização extraterrestre que o levará ao planeta Tralfamadore, onde é exibido em uma espécie de zoológico intergaláctico junto com uma mulher chamada Montana Widmore. Vonnegut não nos conta como foram transportados nem como se libertaram. A filha de Pilgrim acha que a guerra enlouqueceu de vez seu pai. *Matadouro cinco* pode ser lida de muitas maneiras. As três que saltam primeiro são: ou se trata de uma alucinação de um ferido de guerra, ou o leitor tem acesso aos desvarios de um ex-combatente já velho, ou talvez se trate de uma extraordinária história de ficção científica autobiográfica – se é que uma coisa dessas pode existir além da biografia de Philip K. Dick. Seja como for, uma das páginas mais interessantes do livro é a explicação da literatura de Tralfamadore. "Pequenos amontoados de símbolos separados por estrelas (...) cada amontoado de signos é uma mensagem breve e urgente que descreve uma situação, uma cena. Nós, os tralfamadorianos, lemos tudo isso de uma vez só, e não um depois do outro". Sem causas nem efeitos, "o que nós gostamos em nossos livros é a profundidade de muitos momentos maravilhosos vistos todos de uma só vez".

De alguma maneira, Joseph Beuys nunca conseguiu abandonar os bosques da Crimeia. Algumas de suas per-

Belas Artes 23

formances mais célebres mostram isso. Em maio de 1974, realiza, na Block Gallery, de Nova Iorque, *I like America and America likes me*. Em protesto contra a guerra do Vietnã, Beuys decidiu pisar o menos que pudesse em solo americano. Chega ao aeroporto de Nova Iorque, é colocado numa ambulância e diretamente instalado numa sala com um coiote, durante três dias. Beuys se cobre com uma manta de feltro. Carrega uma bengala e em momento algum tira o chapéu.

Alguns anos antes tinha celebrado sua performance mais famosa: *Como explicar os quadros para uma lebre morta*. É a primeira vez que Beuys é visto sem o chapéu em público. A cabeça está coberta com mel e salpicada com pó de ouro. Segura uma lebre morta e tenta explicar-lhe sentido da arte. A cabeça iluminada, como se das feridas de guerra brotasse uma doce e mansa luz.

Saem luzes da cabeça de Beuys.

Como os chifres do Moisés de Michelangelo: uma luz de mármore que o transforma no diabo, em Luzbel.

Os xamãs saem pelo céu em busca da alma do doente para poder regressar ao corpo.

Para onde foi a alma da lebre? Há um céu de lebres? Na infância, se imagina que deve e tem que existir um céu de animais. Nunca um inferno. O próprio cão não vai para o inferno. Ainda que da única coisa que estamos certos é que no inferno sempre há animais monstruosos e repugnantes. No céu, não. Não há animais. Exceto nas culturas clânicas: o grande urso, a grande rena.

Voar até o céu das lebres de ouro.

Em certas ocasiões, o regresso à Crimeia é mais contundente: às vezes, Beuys sofre severas convulsões, espasmos esgotantes, que acabam registradas em algumas performances. Uma delas é *Manresa*, de dezembro de 1964. Aqui Beuys apresenta a metade de uma cruz forrada em feltro e outra metade desenhada em um quadro negro. Feltro e gordura colocados nos ângulos. Enquanto caminha pela sala, Beuys pergunta pelo terceiro elemento, isto é, o ponto médio exato entre intuição e razão.

Meses antes tinha estado nessa cidade espanhola onde, em 1522, Santo Inácio havia escrito seus exercícios espirituais. Do nada, Beuys sofre um ataque, uma espécie de colapso nervoso. Em cima do lombo do cavalo que avança pelos bosques, parou de vomitar. Sente não apenas o estômago vazio, mas também seu corpo, como se não tivesse órgãos. Dezenas de lebres o acompanham. Parece um desses quadrinhos de *Little Nemo in Slumberland*. A marcha é iniciada por uma lebre que às vezes é alce, mas que em nenhum momento perde sua luz. Beuys tem a cabeça enrolada no feltro. Ela pulsa. E a dor é uma aguinha fervendo que percorre os sulcos das cicatrizes. Detrás, se escutam vozes graves, aproximando-se cada vez mais. Não há neve nas árvores. Apenas barro e barulho.

Beuys acorda no hospital de Manresa. Junto dele está Per Kirkeby, o artista plástico com quem tinha viajado de férias. Beuys olha para ele e solta um sorriso. O teto do seu quarto é branco, quase ocre. Quer ir logo embora.

O haicai, o mais perto que estivemos de escrever como em Tralfamadore. Contar em um instante aquilo que transcorre. A pedra imóvel que agita contra a luz: essa pedra é e não é essa pedra, e assim persistirá por mais que os gregos, há dois mil e quinhentos anos, e ainda hoje em dia, tenha começado a discutir em que consiste as coisas.

Quantas palavras podem ser lidas sem deslocar a vista? Duas, três, talvez quatro. Tem que ser um número primo. Cinco é muito. Três, então, fica de bom tamanho. Para além disso, a vista fica turva, as palavras escapam pelas bordas, entram em uma zona de virtualidade magnética que move os lados para um lado ou outro. A vista não pode se deter no presente da frase, porque procura a simetria. Quatro palavras são dois e dois, por exemplo. A índole sucessiva da linguagem é uma barreira intransponível em nossos sistemas alfabéticos. Apenas um haicai escrito em japonês pode deter o trem da linguagem e ancorar no presente, a pedra imóvel iluminada pelo sol da manhã e da tarde. E deslocando a vista, quantas palavras podem ser lidas sem encontrar um sinal de pontuação? Até que ponto se pode ler sem perder o sentido nem extraviar-se em meandros, sem a necessidade de voltar atrás? E ali, na metade do rio, quem é o responsável para que a embarcação não acabe nos sargaços? O leitor? O escritor?

Quantas palavras sem deslocar a vista? Talvez binômios reunidos pelo som. *E aí*, por exemplo.

Um haicai japonês contém dezessete moras, que são como átomos de linguagem – os fonemas são menores, não possuem entidade física: elétrons e outras bolinhas teóricas muito nervosas, uma vibração imaginada. Abstração formal pura.

As dezessetes moras são a medida do presente?

A etimologia é abundante de sentidos. *Mora* vem do latim: o que atrasa, retarda. Era utilizada para traduzir o sentido métrico do *chronos* grego. As dezessetes moras são divididas em três versos de cinco, sete e cinco moras cada um. E com a grafia japonesa, um bom calígrafo pode fazer com que sejam observadas em um único golpe de vista. Linguagem e percepção em amálgama. Impossível, portanto, traduzir um haicai, escrever um haicai. Nossa linguagem demora, estende, dilata o que é um golpe tac! na tábua zen. Essas três palavras que podem ser percebidas em um golpe de vista: até ali pode chegar a impossível tradução de um haicai. Se convencionou que as versões ocidentais do haicai sejam três versos de cinco, sete e cinco sílabas cada um. O que constitui um remendo bem pobre e longe dos seus verdadeiros atributos, embora, curiosamente, costumem ser mais breves quando lidos em voz alta.

Em 1682, depois de passar dois dias enfurnado na cabana que seus discípulos construíram para ele do outro lado de um rio furioso, para que ele cultivasse em solidão a sua poesia, Matsuo Bashô, o autor de haicai mais famoso do Japão, ou seja, do mundo, põe fogo na cabana. A única coisa que leva consigo quando dois dos discípulos o ajudam a atravessar o rio é uma folha em que parece ter escrito um haicai. Ninguém revisou a história: o incêndio foi acidental. Bashô tinha recebido a notícia de que sua mãe havia falecido. E de alguma forma pensou que as duas desgraças estavam conectadas. Porém, um dos vinte discípulos disse, muitos anos depois, quando Bashô já era uma rã saltando

Belas Artes 27

um poço, que tinha visto uma pessoa abandonar a cabana no final da tarde anterior ao incêndio. E não era uma pessoa qualquer.

Matsuo Bashô era filho de um samurai, nasceu em 1644 e viveu cinquenta anos. O mais próximo que chegou do destino de seu pai foi servir de pajem a outro samurai com quem depois escreveria poemas. Seu verdadeiro nome era Matsuo Kinsaku. Bashô é o nome que adota quando seus discípulos plantam uma bananeira (bash, como se pronuncia em japonês) ao lado da cabana. Após o incêndio, Bashô empreende a primeira de suas quatro viagens pelo Japão. Abandona seus discípulos e toda a vida social. Inicia uma dura peregrinação que progressivamente enxuga seus poemas até alcançar a mais complexa das simplicidades. Sua última obra se intitula *Oku no hosomichi* (*Sendas de Oku*, na versão castelhana de Octavio Paz), e é uma espécie de diário da quarta viagem realizada com um discípulo chamado Sora. Percorrem mais de dois mil quilômetros, em cinco meses, visitando os confins do norte do Japão. Uma peregrinação em que Santiago pode se acomodar na cerejeira menos pensada.

Se afirmava por então (e ainda hoje muitos eruditos o fazem) que Kioyi Hatasuko, contemporâneo de Bashô, foi o melhor calígrafo de haicais. Seus traços eram o resultado de um só movimento: punho e antebraço se agitavam com os de um diretor de orquestra. Choques involuntários: Jackson Pollock perseguindo uma mosca com seu pincel. Quando Kioyi Hatasuko escrevia os seus próprios haicais, costumava passar quase uma tarde sentado diante de uma paisagem. De repente, com dois ou três movimentos, estampava a tinta sobre o papel. O interessante é que seus haicais não eram bons o suficiente. O sentido de seus poemas eram captados quase em um instante, sua técnica era deslumbrante nesse aspecto, mas o conteúdo, a visão poética, para dizer de algum modo, era em si pobre. Hatasuko sabia qual valor davam a seus haicais; na espontaneidade do seu traço havia uma verdade, e às vezes a verdade é um pouco aguacenta. Nunca atingiu a simplicidade de Bashô. Seu haicai mais conhecido é o que diz:

Entre o relâmpago e o trovão
Um pássaro
Busca refúgio.

Bashô agia de maneira diferente. Percepção e forma pertenciam a duas ordens quase irreconciliáveis. A segurança da sua caligrafia era fruto do esforço, o que não era fácil dissimular.

Se ignorarmos a visão do discípulo na tarde anterior ao incêndio, Bashô e Hatasuko, que tinham quase a mesma idade, nunca se encontraram. A história parece ser outra. Dizem que certa vez Hatasuko ficou tão comovido por um haicai de Bashô que decidiu ir visitá-lo, mesmo sabendo que o poeta não recebia quase ninguém em sua cabana. Por outro lado, Bashô admirava o traço de Hatasuko, e sabia, claro, que os haicais dele não eram brilhantes.

Certa manhã, debaixo da bananeira, os poetas se encontraram. Avançava o outono, e desde o amanhecer Bashô, apenas coberto pela sua túnica, tinha ficado contemplando o rio. Entraram na cabana. O anfitrião serviu chá. Em cer-

Belas Artes 29

to momento, Hatasuko pediu uma folha em branco, um pincel e tinta.

– Quero que me mostre teus haicais. Desejo escrever um baseado nas impressões que me causam – disse.

Bashô trouxe tinta, papel e pincel, e começou a mostrar--lhe seus trabalhos. Cada folha que deixava sobre a mesa se demorava não mais que dez minutos. O visitante se limitava somente a sorrir, às vezes soltava alguma exclamação ou um leve riso. Tinha a bochecha direita apoiada na borda da mesa, o pincel agarrado pelo indicador e pelo polegar. A mão em tenso estado de repouso. Sem nenhum gesto nem palavra, Bashô mudava de folha. Não havia regularidade alguma nos seus movimentos. Podiam ser dois ou três gestos de uma só vez, podia passar meia hora em silêncio, com a vista em qualquer coisa do quarto. De vez em quando, Bashô servia chá. O sol já se punha quando o poeta mostrou o que seria o último haicai. Uma pantera ameaçada: num instante Hatasuko traçou os ideogramas, como uma poça que reflete a imagem em uníssono. Depois, ficou um tempo em silêncio, olhando a folha sem dizer nada. Quando a tinta secou, a virou e a mostrou para Bashô. O traço era perfeito, um rio negro que se iniciava no tanque e que ora se alargava, ora desaparecia, voltando a surgir fino, para se abrir em dois e voltar sobre si com traço largo; quase não se podia perceber os ideogramas (se é que ali havia algum). Pouco depois, Hatasuko foi embora; se despediram sem dizer uma palavra sequer.

Bashô ficou com a pintura.

E pelo que parece, queria pôr fogo na árvore, não na cabana.

Durante a última viagem pelo norte do Japão, recebeu a notícia de que Hatasuko tinha morrido em um combate entre duas famílias feudais.

Seu discípulo Sora escreveu:

Reparo na cerejeira
No meio da batalha
Agora é imortal.

Coca-cola! como perfeito haicai: em um só golpe de vista, cores e sabores desfilam na avenida. É preciso o sinal de exclamação no final ou seria redundante? Porque Coca-cola é grito de criança, gás que sobe até a borda do copo, é o sabor plástico do copo de festa de aniversário. *Enjoy Coca-cola, Cocke is it, always Coca-cola, Coke ads life.* Parece que uma terceira palavra fica bem com *Coca-cola.* E um slogan bem feito deveria ter a força de um haicai. Mas *Coca-cola* pode prescindir do slogan. E se o *c* não fosse uma coisa dura, que tira o movimento, seria, além de tudo, um mantra.

Três palavras em que a única coisa necessária é distinguir a primeira e a última letra de cada uma delas para compreender seu sentido: a ordem das restantes se deduz pelo contexto em que foram escritas, independente do que cada um tenha em mente. Na internet circulam muitos textos escritos desta maneira e sempre são lidos com alguma admiração.

Então o haicai perfeito é de uma só palavra *mal* escrita que aparece entre uma série bem escrita, claro. Uma letra fora do lugar, uma dislexia precipitada que ao ser perce-

Belas Artes 31

bida deixa a boca aberta, sem nada dizer, os olhos fixos, afundados em um fonema impronunciado até o momento. Ali mesmo se forma uma fresta na percepção, que volta a se fechar imediatamente. Sim, como quer muita gente, as palavras refletem o mundo, avançar por essas frestas é aventurar-se, como Alicia, em um mundo que esteve todo o tempo diante do próprio nariz. Por isso a arte magistral de muitos escritores é encontrar o reverso da palavra, mesmo a escrevendo bem, algo como deixar a porta entreaberta. Como se uma fosse a fechadura, e a outra, a chave.

Mas essas dislexias não são erros de impressão, e se estão bem-feitas escapam até mesmo ao melhor dos revisores. O curioso é que quem percebe uma fresta na palavra não pode transmitir a ninguém a sensação da descoberta, e ao mesmo tempo não pode guardar segredo.

Os programas de computador corrigem automaticamente as palavras mal escritas. As palavras com ferrolho. O ciberespaço é uniforme e liso. Não existem frestas no plasma: só encontramos o que se pretende que seja procurado.

Quando uma criança aprender a ler, vai devagar, letra por letra, depois sílaba por sílaba, aprende um caminho por onde nunca vai se perder, caminha com medo de que não se abra o poço de onde saiu: aprender a ler é subir uma escada que leva nada mais que a um patamar.

E isso é tudo o que há.

Uma pequena açoteia onde as estrelas do espaço perderam sua virgindade e são vistas apenas porque a teoria das escadas o permite. É impossível descer desse terraço, e também é impossível ir além dele. As baldosas são coloridas. A única forma de abandonar o terraço é, claro, o haicai, a literatura Tralfamadore. O salto da rã no poço, a baldosa solta com água embaixo.

No meio da batalha, dizem que por causa da adrenalina e do cansaço juntos, coisas como buracos negros podem ser avistadas com o canto dos olhos e por um breve instante (algo parecido acontece durante o frio extremo. Cada vértebra da espinha dorsal é um pico nevado. Abre-se um espaço na coluna como a palavra com dislexia. A medula descoberta).

Voltar ao livro de Beuys e pensar se por acaso deveríamos ver a arte conceitual como uma possível tradução do haicai. Uma instalação que aguarda a dislexia, a descontinuidade perceptiva.

O haicai substitui o sentido da vista pelo do gosto. Ler os haicais é como comer uma bala. Não existe história no sabor do mel. O sabor do mel é homogêneo, impetuoso e lento ao mesmo tempo. O contrário desses vinhos ditos que ficam na boca durante um tempo, vinhos em que residem diversos sabores que devem ser despertados agitando levemente a taça, porque primeiro se põem as frutas vermelhas, depois a canela e, finalmente, frango ao forno. Os vinhos contam histórias. Não são sabores haicai. Ou pelo contrário. Se o vinho atinge um sabor haicai, sua simplicidade se traduz no bolso. O vinho convida à recordação e é melhor que ele mesmo tenha alguma história para despertar as nossas. Uma bala de mel se saboreia e ponto. Se desfaz na boca. Fluem sem demoras pelas papilas.

Belas Artes 33

E nas rugas de quem viveu o que se diz viver, ou seja, não passar pelos anos como se vivêssemos por milhares, não se lê uma verdadeira biografia? A vida inteira em um segundo. Primeiro no crânio de Beuys e depois no seu rosto onde sua biografia se torna haicai. Uma biografia que até onde pode ele cobre com chapéus de feltro Stetson, porque o mais importante é a arte que deriva das frestas de sua cabeça; ou se por acaso chega a tirar o chapéu, cobre seu rosto com mel e pó de ouro e os anos são reduzidos a zero, porque dessa maneira, com o rosto coberto, se converteu no xamã que realiza sua performance mais famosa: a explicação da arte para uma lebre morta. Não é preciso escutá-lo para compreendê-lo.

Dresden tinha, antes da guerra, o maior zoológico da Europa. Não vem ao caso enumerar os animais. Aqueles de qualquer zoológico, mais ursos polares, crocodilo, um serpentário gigante. Quando Bill Pilgrim abandona o matadouro cinco depois do bombardeio, diz que na verdade tinha chegado na lua. Crateras e nada mais. A realidade foi pior, claro. Porque se deve adicionar a isso tudo os animais soltos e, principalmente, famintos. E animais que caem do céu, pegando fogo. Se numa guerra primeiro comem os que negociam, depois os que mandam, mais tarde os que batalham e, se sobra alguma coisa, vai para os civis, mulheres e crianças primeiro, os animais não entram nessa conta. De fato, durante os últimos meses os maiores animais do zoológico de Dresden se alimentavam dos menores. Já não havia cães e gatos na dieta dos coronéis. Cervos ou lebres, nem em pinturas. Capivaras, zebras, duas gazelas. Todas as noites o cuidador levava um animal – capivaras, zebras, gazelas – e deixava na jaula do urso, do leão. O cuidador como o guardião das últimas raças. A teoria deve ser levada à prática, embora tudo demore. A lei do mais apto. Mas quando veio a noite de 13 de fevereiro e Dresden se transformou na Lua, os animais ficaram soltos. Era outro planeta. Era o zoológico de Tralfamadore, com as jaulas abertas. Os sobreviventes agora teriam de correr não apenas das explosões que vinham após o bombardeio, casas de gás, por exemplo, mas também dos animais. Os mais perigosos não eram os leões ou os ursos, que, claro, comeram alguns alemães e depois fugiram lentamente, cambaleantes, a ponto de explodir, das bombas e do fogo; mas os crocodilos, que não são vistos, que aparecem na frente de alguém. Troncos no meio daquele lodo.

A pior coisa que vi na guerra, responde Bob Barrel, de Clayton, North Caroline, no documentário *Dresden Seven*, dedicado aos únicos sete sobreviventes do massacre, foi dois leões comendo uma família de alemães. Sobrevivem aos bombardeios e são comidos pelos leões. Barrel não consegue continuar e chora.

Vonnegut: vi girafas. E é verdade, diziam que havia leões comendo gente. Um soldado, Barrel ou algo assim, voltou assustado, gritando que havia leões. Mas devem tê-los matado logo. O mais perigoso, diziam, eram os crocodilos. Parece uma piada. Como distinguir um crocodilo no meio dos escombros? Quem é que espera se deparar com um aí, entende? Comido por crocodilo no inverno alemão. Deus.

Craig Ehlo, de Lincoln, Nebraska: se falava de leões. Acredito ter visto girafas pegando fogo, também vi em um quadro. Eram azuis. Não importa, nesse momento estávamos transtornados, se é que até hoje não estamos.

Na apresentação de *Desenhos 1946-1971*, no museu Casa Lange, de Krefeld, em 1974, uma mulher já com mais de setenta anos, severa, fibrosa, vinda de Düsseldorf, se aproxima de Beuys. Ute se apresenta. Ute Vogts. Apesar da expressão sisuda dela, Beuys sorri. É difícil que pessoas mais velhas venham à exposição, a não ser para reclamar ou protestar contra o estado da arte ou do roubo ao Estado por apoiar uma arte que ninguém entende, por mais que se explique. Porém, essa senhora explicou que veio especialmente de Düsseldorf. Beuys acha estranho, afinal não é lá grandes coisas em ter vindo desde aquela cidade: fica a poucos quilômetros dali. A mulher é idosa e deve ter sido um esforço danado para ela. Talvez motivada pela curiosidade. Se bem que deva ser dito, o grupo Fluxus se separou faz tempo e embora Beuys seja uma celebridade, notícias suas não voam por aí. Ute Vogts, pelo que parece, não está interessada na arte. Tem um olhar doce, mesmo com olhos tão claros. O sorriso de Beuys é contagioso. A mulher então sorri e, como se fosse uma reação, começa a piscar quase sem parar.

Onde está Karl?, pergunta.

Karl?

Ela explica que é a mãe de Karl Vogts, o piloto que acompanhava Beuys no avião que caiu na Crimeia.

Beuys fica em silêncio.

Onde está Karl?

Os olhos de Beuys são de um azul intenso, parecem se quebrar. Coloca a mão nos ombros dela. Ela se ajeita, pisca. E lhe pergunta: é verdade a história dos tártaros? Karl está com os tártaros?

Beuys, então, tira seu chapéu de feltro e o coloca no peito. A mulher observa as cicatrizes e entende o que quer entender.

A lebre entende a arte.

Há alguma coisa para compreender?

A arte é a resposta, sem dúvida.

O que não sabemos bem é qual é a pergunta.

A lua desceu sobre Dresden (e ali ficará por alguns anos). Vonnegut ajeita os cadáveres. Ilhas de fogo em um mar de escombros, carne fumegante, pássaros acesos caem iluminando o céu. Parecem vaga-lumes. Mais ou menos três dias sem dormir. Já se sonha acordado. Quando volta para o matadouro, onde continuava se hospedando (se é que cabe esse verbo), seu olhar se detém numa pilha de cadáveres. Acredita reconhecer sua mãe. Quer retornar, mas os alemães o obrigam a seguir.

Gustav Krauss foi um dos soldados que resgatou Beuys.

Nós o encontramos dentro do avião; seu colega estava morto, declara certa vez em um noticiário local, devido a uma polêmica com sua obra.

A notícia, na verdade, passou despercebida, nenhum suplemento cultural a divulgou. Por esses dias a Alemanha jogava a final da Copa do Mundo contra a Inglaterra. Apenas um jornalista, Sepp Schwartzman, se interessa pelo

Belas Artes 37

tema. Realiza uma investigação não muito detalhada. Não existem arquivos nem partes da guerra que tenham sobrevivido à frente russa, claro. Restam conjeturas. Uma fresta. Krauss é enfático. Beuys estava desmaiado na cabine do avião. Não vimos mais ninguém.

Não existem tártaros nômades.

Muito ofendido, Beuys não está disposto a abrir a boca sobre o assunto.

Depois da guerra, os tártaros, nômades ou não, foram injustamente acusados de colaborar com os nazistas. Outros povos, como os karachais, os calmucos, os inguchos, tiveram a mesma sorte. Quando as tropas de Stalin recuperam a península da Crimeia, que tinha sido tomada pelos nazistas em 1941, os tártaros são deportados. Isso aconteceu dia 17 de maio de 1944. Cento e noventa mil tártaros transferidos para a Rússia central, Uzbequistão, Cazaquistão. A mesma quantidade de alemães que morrem em Dresden. Mesquitas e tudo o que lembre sua cultura são destruídos. Os nômades também são presos. Cerca de um terço morre nos trens que os levam amontoados como animais; da mesma maneira os alemães transportam os judeus para os *lager*. Morrem crianças e idosos: quando a corda da vida é mais fina. Morrem cantando uma canção monótona, apenas um sussurro que fala do país onde as lebres dão abrigo por toda a eternidade que resta.

Uma patrulha soviética encontra os tártaros de Beuys refugiados em uma encosta bastante espessa. O xamã que fala com os animais não pode com os russos. Dois tiros, um na cabeça e o outro para espantar os demais.

Em um dos vagões em que há mais sobreviventes, viaja um jovem de nome Tomej, que tinha ajudado a retirar os aviadores alemães do Stuka destroçado. Também tinha caçado não sei quantas lebres para confeccionar o feltro que cobriria o homem de olhos claríssimos que tinha ficado com espantosas feridas na cabeça. Agora é ele, Tomej, quem tem a cabeça machucada, sofre o frio que entra pelas fendas do vagão – pelo menos entra ar – e, apoiado nos seus ombros, um tártaro morto, com a boca aberta, a baba seca. Tomej continua com o canto que seu colega tinha iniciado para garantir um lugar no país das lebres acesas.

Beuys deve ter aberto bem a boca enquanto o avião caía, a vida deve ter passado em um minuto, como dizem que acontece quando os dias acumulados sobem do estômago e obrigam a boca a se abrir toda pela última vez. Sobem? Ou um abismo se abre no corpo e os dias entram em um instante? Ou você não morreu, Beuys, ou sim, sim, você morreu. Agora é outra coisa. A boca que se abre é um colo uterino e, às vezes, o grito final é o mesmo grito que a mãe deu quando nasceu sua cria. O grito é sempre a primeira vez. Como o mel, o grito não tem história. Antecede ou sucede a história, mas acima de tudo é retenção. Sempre se grita pela primeira vez. E todo mundo faz sempre com a mesma nota musical. É impossível desafinar porque toda sequência é interrompida. O grito como zero, como ovo, o branco não descomposto. O grito como luz? Não se fala mais alto à noite? Não se grita melhor de noite, quando todas as coisas se reduzem a uma só? É o grito o que nos liberta da História, da nossa própria história. Assim gritava John Lennon em "Mother" para arrancar de cima de si tantos abandonos.

A cabeça sem chapéu de Beuys, as cicatrizes, realmente impressionam.

Ao mesmo tempo que essas feridas são impressas em um único instante que logo resumirão o passado e o futuro, ao mesmo tempo, em 1943, quem muito depois se converteria em um dos filósofos mais importantes do mundo, escreve uma carta entusiasmada com cabeçalho da juventude hitleriana para um amigo seu, um tal de Hans-Ulrich Wehler. O filósofo é Jürgen Habermas. Mas na época tem doze anos e seu arrebato merece uma desculpa que ele mesmo nunca se dará, de acordo com o que conta Joachim Fest, que foi diretor da seção de cultura do *Frankfurter Allgemeine Zeitung*, no seu livro de memórias *Ich nicht*. O caso é que o tal Wehler convida Habermas para um café. Fazia uns seis, sete anos que não se viam. Tenho uma surpresa para você, diz em tom neutro. Habermas, intrigado, decide marcar o encontro para o dia seguinte pela manhã. A ansiedade não respeita a clássica pontualidade alemã: Habermas chega dez minutos antes e pede um café. Chega Wehler no horário combinado, nem um minuto depois. O filósofo já tinha terminado sua xícara. O amigo pede um café duplo. De início, a conversa é trivial; como se suspeitasse de alguma coisa, Habermas reduz aqueles anos sem se ver a uma série de pinceladas gerais que incluem livros, aulas, seu casamento, uma inundação. Wehler demora um pouco mais e somente quando o garçom chega com seu pedido começa a mexer no bolso do terno. Olha o que encontrei, diz com um meio sorriso, e entrega um envelope amarelo bem surrado. Habermas pensa conhecer o conteúdo. Abre devagar, como se fosse uma carta bomba. Basta um golpe de vista para reconhecer a letra prolixa, esforçada, preocupada em deixar claro certas coisas. Wehler se concentra em mexer o café. Habermas não sabe nem lhe interessa decifrar o que tem por trás desse sorriso, basta saber o que tem pela frente dessa carta. Uma procissão de dois mil e quinhentos anos que dura o tempo de um relâmpago e que encabeça Tales de Mileto e termina em Martin Heidegger, abre sua boca de um lado a outro para os abismos do não ser. Habermas pega a carta, mete na boca e começa a mastigá-la diante do olhar atônito de Wehler, que parou de mexer seu café e que também tem sua boca aberta em silêncio. Alguns restos de papel ficam engasgados, e em um só gole o filósofo toma a metade do café de seu amigo. Está muito quente, suas bochechas ficam vermelhas, quase gritando, pede um copo d'água para o garçom. Wehler, por fim, solta uma gargalhada. Só por fazer alguma coisa.

Pela boca do estômago de Habermas, os pedacinhos de papel caem trêmulos. Outono digestivo. As palavras ficaram grudadas com a saliva, se juntaram e formaram novas palavras que caem pelo buraco negro da laringe em direção aos abismos interiores, palavras cujos únicos leitores são os habitantes do planeta Tralfamadore ou Bill Pilgrim mais à frente, já fora do livro, quando aprenda esse idioma. Bolinhos de puro presente. Caem os pedaços de papel, estrangeiros de toda filosofia, perto do zen, de Heidegger quando nos bosques de Freiburg percebeu que não se chega à verdade com palavras. (As palavras podem construir a verdade, mas não chegar a ela.) Tudo é presente, Habermas: desfilam as tropas do führer, o orgulho dos teus pais ao te ver tão tenro saudando a passagem.

E como vão as coisas aí fora? O filósofo recuperou sua cor. Passa a língua pelos lábios. Escreve com a língua um último relato em tralfamadoriano. Um sabor sem história. Bala seca da infância, quando as balas acabaram para sempre, na Alemanha, em 1944. Tenho uma fotocópia de sobremesa, brinca seu amigo. Brinca?

Nem de brincadeira, nem de brincadeira, responde Habermas.

Uma jiboia, que um elefante tinha comido, desenhava Saint-Exupéry quando era criança, e ninguém se assustava, porque todos viam ali um chapéu. Por que um chapéu assustaria? Em que cabeça ele cabe?

O reverso de Tralfamadore se encontra na contracapa da edição de bolso de Anagrama, em que se lê *Tralfamadore*.

E possui uma frase que tem seu reverso, ou algo parecido, é o título de "O jardim de caminhos que se bifurcam", geralmente pronunciado "O jardim dos caminhos que se bifurcam". Em uma edição de um livro da ensaísta argentina Beatriz Sarlo aparece escrito dessa última maneira.

Tomej viu coisas da guerra. Frestas, haicais, espinhas dorsais que se levantam na terra como se a planície russa fosse as costas de um monstro se retorcendo. Tomej sobreviveu aos vagões da Sibéria. Ao frio, ao ar cinzento. Depois da guerra, acaba em Novosibirsk, trabalhando numa siderúrgica. Se casou com uma mulher tártara. Seus filhos falam tártaro e russo. Em casa, tártaro. Os pais aprendem russo, e as crianças na escola como se caminhassem sobre papel de arroz: não dizem nenhuma palavra em tártaro, nenhuma palavra mal escrita em russo ou mal pronunciada em russo, dislexias haicais e a boca aberta da professora e dali ao delegado do partido existe uma passagem que uma oração sem subordinadas resolve por um triz. *O pequeno príncipe* é traduzido para o russo em 1950. É um livro lido por todas as crianças. A tradução de *O pequeno príncipe* em tártaro saiu somente em 2000. Latinizado, fica Näni Prins. É a única edição do planeta cuja capa não tem um desenho de Saint-Exupéry. Embora um traço seja semelhante, tem uma suavidade que não é própria dele. Parece um esboço. Na internet se pode ver bem. Tomej adquire o livro seus netos. O livro não diz quem é o autor da capa. Isso não tem a menor importância para Tomej. Caminha cambaleante sobre a neve de Novosibirsk. Dele, sabemos que ficou viúvo faz tempo e que perdeu um dos seus três filhos. Vive sozinho, a poucas quadras de sua filha, que era a do meio e agora é a mais jovem. Tomej sacode a neve antes de entrar. A filha o cumprimenta com um beijo; o marido dela está na cozinha. Prepara peixe. Para as crianças veem televisão; o menor corre para abraçá-lo.

Depois da janta, Tomej entrega o presente para os netos. As crianças leem do jeito que podem o título em tártaro. O avô se sentou numa poltrona – a sua poltrona – e começa a ler o livro para eles. Em cinco minutos os netos já estão entediados. Por que, diz o mais velho, não nos conta a história do aviador que caiu no bosque?

A pessoa deveria pensar muito bem qual será a primeira história que contará para um filho ou neto, porque estará

Belas Artes 43

condenado a repeti-la. Um hit nirvana para fãs acaba sendo um suplício para a banda.

O aviador que pisava relâmpagos tinha caído no meio do bosque e seu avião ficou destroçado e não podia mais levantar voo. A história sempre começava assim. E então o avô Tomej era corrigido a cada vez que desviava ou, com o tempo, agregava detalhes insignificantes e horrorosos, como quando descrevia a cabeça marcada por cicatrizes que pareciam raios. Embora o estado dele não fosse ótimo, os remédios do xamã tinham visivelmente melhorado o aviador. Em uma noite de tormenta, o aviador, já se sentindo mais animado, quis acompanhar um grupo à procura de lenha, antes de que a chuva começasse a cair. Caminharam pelo bosque até que um caminho os levou à margem de uma lagoa gelada. Era uma lagoa grande e a tormenta refletia na sua superfície branco azulada. Era ver o céu desde cima. Então o aviador começou a correr, tentando pisar os relâmpagos que caíam ao acaso no gelo da lagoa. Os dois tártaros que o acompanhavam deixaram cair a lenha que carregava e também começaram a correr. O aviador ria, enrolado na sua capa de feltro, e contava os relâmpagos que pisava.

E como trovejava cada vez mais forte, mas a chuva não caía, o aviador imaginou que dançava em cima do céu. Pensava que nunca se molharia. E pelo que parece, isso fez algum efeito nos tártaros. Uma criança como Tomej podia compreender esse estranho idioma do aviador.

Quando chega a parte da dança o avô faz a pausa que todos esperam. Então sempre diz: e em um dos saltos o aviador pisa uma parte bem fina do gelo e o gelo racha como se fosse seu próprio rosto, fazendo um buraco no qual ele cai, entrando na água. O neto mais novo sempre se engasga com a risada, igual sua mãe quando criança. Tiveram que retirá-lo da água e colocá-lo junto ao fogo, para aquecer. Mas o avô sabe que não é verdade, o aviador não caiu na água, mas sim continuou pisando relâmpagos e dançando até que esse cansaço, que é resquício de febre, o derrubou de vez. Do jeito que podiam, chegaram ao acampamento. E nessa noite, apesar dos relâmpagos, não choveu.

E os chapéus de Beuys ficaram tão famosos como sua obra. Como a cadeira de Glenn Gould ou os óculos de John Lennon.

Ungaretti. Qualquer um deveria se curvar ao escutar o nome de alguém que desde a frente de batalha não derrama uma única lágrima sobre si em nenhuma das cartas que envia. O destinatário é seu amigo e primeiro editor, Gherardo Marone. Sem lamentos nem queixas Ungaretti cumpre, em cada envio, uma verdadeira *ars poetica* com potência de obus; cartas que às vezes dizem coisas às quais não se deve agregar mais que silêncio. Por exemplo: *Não devemos nos opor à vida. E surgirá a mais pura poesia.* De acordo com os inimigos que a Itália arrume, Ungaretti, que se alistou como voluntário, lutará na França e, depois, na região do Carso, perto de Trieste.

Os adjetivos escondem a verdadeira *presença* dos objetos, poderia ser uma das suas apostas formais mais drásticas. Nomear, nada além disso. Isso bastaria. Como se fosse uma muda de roupa que abriga e sufoca os adjetivos.

Belas Artes 45

E a poesia, em pleno frio de janeiro, é puro verão para Ungaretti.

E em meio aos sons da guerra, a música das armas, que não é a música que se espera da morte, aparecem as palavras. Sozinhas.

Quando Ungaretti não consegue tinta e papel, ou seja, muitas vezes, deve guardar na memória os poemas que lhe surgem. Então caminha pelas trincheiras, recitando em voz baixa, e os soldados e os oficiais pensar que ele reza ou que enlouqueceu, se é que todos já não enlouqueceram, ou que repete uma ordem que não pode esquecer.

Por um motivo básico de segurança, as trincheiras não são cavadas em linha reta, mas em uma espécie de sistema dentado que não permite que seja vista além de uns dez metros. As trincheiras avançam em ziguezague, e apesar de um veterano já ter visto muita coisa, não é que todos os dias se depara com o poeta que caminha com a cabeça baixa, retendo as palavras para que o poema não escape. Dez metros, nada mais, até desaparecer.

Em agosto de 1916, escreve seu poema "A noite linda", que termina com:

Agora estou embriagado
De universo.

O poeta pensa no carteiro do exército italiano que arrisca a sua vida para levar cartas da frente de batalha até seu destino final? Na guerra, as cartas respondidas são importantíssimas para aniquilar o inimigo: o ânimo do soldado deve permanecer intacto e assim encontrar razão para seguir lutando.

O que faria o carteiro se soubesse que em uma das cartas se diz que há de nomear as coisas sem as adjetivar? Que se trata de uma ordem militar? Dar a vida para que a linguagem resista diante da morte. Não será o mesmo carteiro que, uma vez terminada a guerra, deverá levar as cartas dos soldados austríacos, prisioneiros no norte da Itália? Uma delas tem um endereço estranho. O envelope é pesado: Trinity College, Londres. No envelope, o manuscrito de um livro: *Tractatus logico-philosophicus*.

Na batalha, muitas vezes a adrenalina faz com que as coisas sejam vistas em câmera lenta, e entre essas coisas que se movem em câmera lenta há outras que passam numa velocidade incrível, porém ainda assim visível. São frenéticos feixes de luz que vão de um lado para o outro, como em linha reta, como chuva de meteoritos; às vezes essas luzes se viram para formar alguma figura que se desfaz num instante. É isso que Ungaretti diz ter visto? E se veem também buracos, negros espaços ocos, como se em meio daquela névoa a fumaça das bombas abrisse uma abertura até o exterior. Buracos sem estrelas, como uma espécie de útero imantado que só se pode observar de rabo de olho (pois olhar de frente equivale à morte, diziam os que já estiveram alguma vez na frente de batalha).

E, ainda, os que estiveram na guerra sabem que não se pode dormir na neve. No frio, dormir é congelar. Na batalha nunca se pode parar, por mais que a adrenalina faça ver coisas em câmera lenta, e dessa maneira, quando

Belas Artes 47

tudo se move como os glaciais, são abertos esses buracos, verdadeiros buracos negros.

Constelações, diz Vonnegut. Como fios de lã branca no meio do ártico, trançados, congelados, pouco visíveis, ou melhor: apenas os nós que os sustentam, como estrelas, são visíveis. E as constelações passam uma depois da outra, como em uma viagem numa incrível velocidade, até chegar a planetas onde tudo é um, onde se pode ver num único instante tudo o que se deixou para trás. E reduzir tudo a um haicai, a uma palavra sem adjetivos.

Mas nesses buracos não se escuta nada?

Não. É o silêncio dos espaços infinitos que causava espanto a Pascal. Não. Ali não se escuta nada, quando tudo se detém e aparecem esses vaga-lumes sem curiosidade, imunes a tudo, como se contemplassem um espetáculo de pantomima.

Talvez por não ter culhões para se suicidar, se é que matar-se equivale a se transformar numa pasta, assim que começa a Primeira Guerra, Ludwig Wittgenstein se alista como voluntário no exército austríaco. Não apenas isso: solicita ser enviado à frente de batalha, às primeiras linhas de fogo. O pedido é duplamente estranho, porque Ludwig é um dos filhos da família mais rica e culta da Europa e, consequentemente, possui os meios para evitar tal destino. Mas o destino existe para coisas importantes: três dos sete filhos de Karl Wittgenstein se suicidaram, e há muito tempo que essa ideia perambula pela mente de Ludwig. Sem brincadeira. De fato, Otto Weininger, um escritor que ele admirava – principalmente seu livro *Sexo e caráter* –, meteu um balaço em si mesmo em 1903. Sobre o autor do *Tractatus* existem mais de um milhão de entradas na web. Escreveu apenas dois livros a mais que Sócrates. Esses dois livros de poucas páginas lhe bastam para erguer uma cordilheira de montes análogos em que poucos escaladores se atrevem a fincar bandeira. Uma cordilheira diante da outra, separada por vinte anos. No meio, um vale de acadêmicos estupefatos, furiosos, encantados, boquiabertos.

Durante a Grande Guerra, Wittgenstein integra missões arriscadas de reconhecimento e numa delas é atingido pelo fogo inimigo. Da guerra lhe importa menos a defesa do seu país que a moderação do seu caráter. Carrega um caderno de anotações em que escreve a primeira das suas cordilheiras: o *Tractatus*. As ideias que Wittgenstein carrega para a guerra são logo substituídas por outras. Seus diários não são muito claros quanto a isso e os biógrafos transbordam em experiências traumáticas. Sua condição social e seu caráter reservado são motivo de chacota por parte dos seus companheiros. Certa noite, Wittgenstein entra em terra inimiga e acende um cigarro (provavelmente o único que fumou na vida). Como se sabe bastam três fumos para arrebentar os miolos de um soldado: no terceiro cigarro o inimigo já identificou e apontou, e então abre fogo para onde vê fogo. Os vaga-lumes se chocam, o soldado já está morto. Wittgenstein acende o cigarro e dá três tragadas profundas. Vaga-lumes por um tiro. Eram assim seus riscos.

O mundo está composto por fatos, diz na sua obra, por fatos que são átomos, a menor unidade com que se pode dividir a realidade dizível. E é a linguagem, como agulha invisível, que tece o sentido, ao juntar os fatos com a lã da sua lógica. Nas trincheiras, Wittgenstein quer dar conta dos limites da linguagem para dar conta de outra realidade a que não se pode chegar pensando.

Até que ponto se pode dizer alguma coisa que tenha sentido (seja verdadeiro ou falso)?

As ordens militares têm sentido, procuram a obediência de quem as escuta, modificam a trajetória dos corpos, moldam vontades. O *Tractatus* pode ser lido com voz marcial. Não são ordens os seus silogismos, mas um rigoroso derramamento de ideias que tateiam as grades da linguagem.

Sobre aquilo que não se pode falar, é melhor calar, escreve no final de sua obra, num campo de prisioneiros na Itália, em 1918.

Ou melhor que calar: mostrar.

Mas como o homem também é linguagem, já sabia Bashô antes de muitos, deveria ser encontrada no haicai a chave que abre a jaula. Como o princípio da vacina: trabalhar com aquilo que se quer combater.

O contrário de qualquer ordem.

Em novembro de 1914, Wittgenstein escreve em seu diário: "Parece evidente que a estrutura do mundo deve poder ser descrita sem mencionar nome nenhum".

Na batalha, no início como no fim, o verbo é.

Em 1916, Ungaretti escreve o poema "Reduzido a nada", que será publicado no seu livro *A alegria*:

O coração repleto de vagalumes
se acendeu e se apagou
soletrei de verde em verde

E em "Noite de maio", escreve:

Sobre os minaretes
põe o céu
guirlandas de luzes

Durante a batalha, não se fala. Tudo é grito. Tudo é pela primeira vez, sempre. O sussurro, a palavra sigilosa para os quatro ou cinco que avançam pela noite no plano de expedição, haicais murmurados. Não há adjetivos. Ungaretti tem uma luneta e nomeia o que a lua permite ver: uma árvore enorme, a água que se agita, morteiros.

E o que há fora da jaula se os limites do mundo e os da linguagem são os mesmos?

Deitado a noite inteira ao lado de um companheiro massacrado, Ungaretti escreve:

Não estive nunca
tão
aferrado à vida

É parte do poema "Vigília".
Na mesma época, Wittgenstein escreve no seu caderno: "talvez a proximidade da morte traga luz para a minha vida".

Belas Artes 51

Wittgenstein escuta ordens. Sabe que elas têm o sentido de dar ordem a sem sentido da guerra.

Ungaretti sussurra. Em suas incursões noturnas nas linhas de frente inimigas, ordena as coisas sem verbo. Dá o sentido para que o avanço instale o caos do sangue e do fogo.

O poeta Lawrence Ferlinghetti esteve no desembarque de Normandia. Último sobrevivente da geração beat. Escreveu apenas um haicai. Na verdade, o achou. Chamou de haicai americano:

It's a bird,
It's a man,
It's... Superman!

A seguinte anotação de Wittgenstein no seu caderno vermelho pode bem ser lida como um haicai:

17997557
17997559
Primos!

Numa das cartas que envia a Russell desde a frente de batalha, Wittgenstein escreve *tratactus* e não *tractatus*. Uma dislexia que Russell, que esteve preso por se opor à Primeira Guerra, ignora.

Como quase todos os que estiveram lá, Wittgenstein nunca saiu completamente das trincheiras: inclusive vestia o uniforme austríaco quando seu país nem existia mais.

Numa trincheira, o céu estrelado é o único lugar onde a vista se dilata sem problemas. Para os lados, o ziguezague permite alcançar dez metros; para trás, não se pode olhar, e para frente, arrebentam teus miolos. Bom, também em ziguezague luta a Itália, aliada da Áustria, contra a Áustria. Antes e depois da guerra, Wittgenstein busca a solidão e o frio, que são diferentes formas de lentidão, para poder pensar melhor. Islândia, duas vezes Noruega, um monastério. Os limites da Europa são os limites da linguagem. E depois viaja ao início da linguagem: ensina em escolas primárias na zona rural da Áustria.

Wittgenstein é um gay atormentado. Antes da guerra se apaixona por um universitário inglês chamado David Pinsent. Seu amor é silêncio. Vivem como reis na Islândia (Ludwig ainda não tinha renegado a fortuna de sua família). A guerra os espera quando regressam de Reykjavik. Em 1918, Pinsent morre em um acidente de um avião militar. Ao receber a notícia, Wittgenstein emudece. Dedica a ele seu *Tractatus* e pensa em se suicidar.

Na Noruega, onde se isola para pensar, possui um hábito quase kant de abandonar sua cabana e sair para caminhar ao entardecer. Tudo tende a ser lento no frio, até chegar a mais cristalina quietude, por isso as pessoas se movem depressa. O bafo congelado da sua boca, a matéria prima com que a língua faz as palavras ou o que sobra da linguagem, restos rodeados de ruído. E isso sobre o que não se pode falar, Ludwig, é esse fantasminha bocal que rodeia as palavras no frio? Na Noruega, na Islândia, nas trincheiras.

Parece Seráfita, a personagem do estranhíssimo romance de Balzac, que vive no norte da Noruega, uma figura

Belas Artes 53

tanto homem quanto mulher, como os xamãs em transe quando chegam ao céu das lebres.

No frio extremo, as palavras saem gaguejantes, se enchem na boca, onde serão guilhotinadas pelas castanholas dos dentes. Palavras com dislexias, que passam despercebidas, como uma uva sem semente, como um vaga-lume ao meio-dia.

3 Cordeiros

Foi num domingo, claro, no dia em que o altíssimo se encontra mais baixo, que o sacerdote brasileiro Adelir de Carli, depois de rezar uma missa, prendeu mil balões de ar numa cadeira com assento acolchoado, se amarrou nela com um cinto de segurança e seus coroinhas soltaram as cordas para que ele saísse voando. Como é fácil de prever, a finalidade de tal audácia era muito nobre: juntar dinheiro para construir um, digamos, santuário do caminhoneiro. Soa estranho: santuário do caminhoneiro, mas, pelo que parece, sua cidade, Paranaguá, é rota obrigatória de centenas de caminhoneiros que vão e vêm de Curitiba e dali para São Paulo. E antes de que a fé do motorista seja conquistada por algum umbandista, Adelir de Carli tenta erguer uma espécie de posto espiritual, em que as mangueiras não jorrem certas gasolinas. Nunca dá para entender bem como é que a quebra de um recorde gera lucro. Isso de passar três dias nadando pelo Ártico com o objetivo de arrecadar fundos para que os pandas não sejam extintos, por exemplo. Pelo que parece, os gritos de incentivo, a cobertura midiática e a vigilância das ONG traduzem os nervos e o suor em moedas constantes, tilintando na caixinha a cada dia que passa. O curioso entusiasmo das pessoas que apostam no sacrifício alheio ou no próprio por uns poucos reais. Cristos Guinnes indolentes é um negócio bom para todos. Fama, salvação, consciências tranquilas. Seja como for, o

Belas Artes 55

pastor dos caminhoneiros, absolutamente certo de conseguir publicidade e cédulas para o seu santuário, amarrou os balões em forma de cacho e, com a cadeira que na foto dos jornais parece feita para um aleijado, se lançou pelos ares como um Papai Noel sem renas. Pretendia voar no máximo vinte horas. Com oito, já não se sabia mais seu paradeiro.

Os orixás o levaram para a selva, para o oceano; quem é que sabe, murmuravam os caminhoneiros.

O que realmente sabem é que se as invenções são chinesas, os recordes são americanos: dezenove horas de permanência no ar, justamente assim, numa cadeira com balões de ar, foi o que um *yankee* de Ohio conseguiu; quatro mais quinze minutos, o sacerdote, alguns meses antes desses acontecimentos. As imagens do telejornal o mostram acenando para as pessoas. Pouca gente, é verdade, como se pressentissem a tragédia. Logo levanta voo numa velocidade inquietante, perdendo-se no céu. Desapareceu na altura de Santa Catarina, a noroeste. Levava muita água mineral e barras de cereal. "Preciso entrar em contato com a equipe terrestre, para que me ensine a usar o GPS. É a única maneira que tenho de informar minha latitude e altitude, para que saibam onde estou", foi a última coisa que o ouviram dizer pelo celular. Depois, o silêncio.

Tem coisa que não fica bem explicada. Como é que sai voando por aí sem saber como funciona um GPS? Ninguém salta de paraquedas sem saber qual corda tem que puxar. As maneiras para descer eram, convenhamos, muito curiosas: estourando um por um os balões, com pausa e parcimônia. Nas notícias, ninguém falou nada de assessores, engenheiros, físicos, algum Montgolfier carioca que pudesse lhe explicar de modo simples como dirigir tal veículo.

O espírito sopra por onde quer e quando quer. O que prometia um rumo para o sul, de repente e sem qualquer aviso prévio, virou em direção ao oeste. Adelir de Carli segue para a selva e se nada muda, segue diretamente para o mar. Ou seja: o que começou como Mary Poppins termina em Capitão Ahab.

Na mesma data, em abril de 2008, os jornais noticiaram que o porco gigante do Pink Floyd saiu voando no meio de um show. Já tinha escapado quando o soltaram para fazer as fotos que ilustrariam a capa do disco *Animals*, de 1976. Aterrizou a oitenta quilômetros, em Kent. Se chamava Algie e acompanhou o grupo em todas as turnês. O diabo não é um bode?, se pergunta Adelir de Carli, com o porco que cai na sua cabeça. Seria melhor ter se deparado com ovelhas e cordeiros, com o cordeiro de deus, com vacas sagradas que caem do céu. O padre cai ou se perde nas alturas? Tanto faz, nos dois casos o oxigênio acabará logo. Se cai, o grito faz com que abra a boca bem grande e o ar se acaba numa exalação que não dura nem um minuto. Quando os pulmões se esvaziam e ainda não se chegou ao chão: o corpo toma ar ou a alma já saiu totalmente? A boca bem grande, como o colo do útero, uma coisa negra que expulsa; o abismo que se reproduz no corpo. *Abysos*, em grego, o que não tem fundo. Dizem que a vida inteira passa em um segundo, como quando o corpo do bebê passa pelo canal de parto. O aaah! como último mantra e o grito da mãe como o primeiro som que se escuta lá fora. De um abismo a outro. Mas se o que ocorre não é queda, mas uma

Belas Artes 57

subida prolongada e imparável até que os pulmões fiquem vazios, há grito? E se há, quando cessa? O horizonte parece um croissant, os sentidos ficam perturbados, o perfume da santidade impregna os balões com as últimas luzes. Lá no alto a noite não chega, mas ele chega até a noite. E essa perda de consciência, Adelir, essa respiração cada vez mais falha, não era o que a artista Marina Abramovic procurava com seu companheiro, Ulay, na performance *Breathing in/ Breathing out*, por volta de 1977. As bocas de Ulay e Marina coladas em um beijo suicida: o oxigênio passa de um corpo a outro, cada vez mais opaco e lento até que o monóxido de carbono abre as portas do desmaio. Em cada apresentação, Marina Abramovic chegava a estados de consciência que a deixavam à beira da morte. Parece um recorde que é quebrado e os pandas libertados. Mas não, não é isso. Em outra de suas performances, fica cara a cara com Ulay e os dois gritam desaforados durante quarenta e cinco minutos até que a voz termina sendo um som rouco que desaparece como em um túnel. *Shout* pode ser visto na internet. A voz que se apaga porque o grito não tem um sentimento que o legitime. Um cão não fica afônico de tanto latir, nem uma mãe quando chora. Uma expressão sem emoção, sem substrato. Um mantra que se esfuma, isso é *Shout*. Ou talvez seja pôr um som no grito mudo de Munch? Não, também não é isso. Porque em *O grito* o personagem tapa os ouvidos, que é o lugar onde moram o medo e o equilíbrio. O céu é vermelho em *O grito*, de Munch, vermelho de vento o céu da Santa Catarina, e o sacerdote se eleva até a afonia, com as mãos nos ouvidos, apenas para constatar que deus é surdo, que o céu é negro e a voz, um pequeno fio como os que amarram os balões de ar. Terá se encontrado lá em cima com o avô de Marina Abramovic, que foi, parece mentira, o último santo da Igreja ortodoxa? O avô, não existem dados seus na internet, sem dúvida praticou o hesicasmo, a união mística com deus a partir da regulação dos ritmos respiratórios e da imobilidade física (o mais próximo que o cristianismo chega da ioga). E Adelir de Carli, amarrado na cadeira, abandona o mantra aaah e respira cada vez com menos ar. Mantras de silêncio, melhor ainda. Em outra de suas performances, Marina Abramovic permanece quieta durante horas, em silêncio, como seu avô e os santos do monte Athos, a fim de absorver toda a energia que ande dando voltas pela sala de uma galeria em Copenhague. Ou ainda, quando se exibe na sua obra *A casa com vista para o oceano*, tomando nada mais que água durante doze dias; a exibição de um anacoreta; nem mesmo os biscoitos que Adelir de Carli levava, Marina Abramovic tem para comer, enquanto o padre sobe e sobe como cordeiro de deus, na sua cadeira carregada por balões, sem que ninguém o veja, sozinho, seguido pela incerteza de meio mundo que não sabe se ri ou chora com esse assunto. Terá parado de gritar em algum momento, por exemplo, quando nota que a noite não fecha a boca que acabou de abrir lentamente quando o sol desapareceu detrás de um horizonte que já tem a forma de um prato? Olhará para baixo? Naquela altura, fica tonto? O avô de Marina Abramovic contemplando a paisagem desde o pico do monte Athos, imóvel, sem deixar a vista cair porque com ela também cai o corpo. O padre não teria se suicidado, se soltando da cadeira, jogando-se no vazio onde se morre asfixiado?

Belas Artes 59

Como é que não sabe como funciona um GPS?

E na internet, nada, nada do avô de Marina Abramovic.

Em 1987, Primo Levi cai, atraído pela gravidade do buraco da escada de sua casa. Pelo que parece, Levi tinha vertigem. Mas como alguém que foi lançado no mais fundo, que viveu no abismo – e o abismo não é um lugar, mas um estado de queda –, pode cair de novo? Esse buraco que se abre sob os pés de Levi, o rombo na escada, isso é Auschwitz? Essa noite que um dia se abriu e não fechou jamais. Que emudece quem lá esteve. Afônicos, imóveis, exânime. A voz, se não é um grito, é, de novo, um fio e o balão esvaziando. O que há é monóxido. Mas a vertigem não é bem o medo de altura, de cair. A vertigem é a irresistível força do vazio, o medo de ser vencido pelo vazio. É uma sereia de Ulisses e os ouvidos intactos. Os coros angelicais que Levi escutou desde o buraco escuro da sua escada; as ordens nazistas. As mãos detrás do ouvido. O equilíbrio perdido. Caiu quatro degraus.

E lá debaixo uma criança aponta o céu carioca: outro satélite, vovô. Pela ponta do dedo indicador o entusiasmo escapa em um grito. Não. Não é um satélite. É o padre iluminado cruzando os céus, os balões como pequenos sóis.

Por esses dias chega a notícia que põe um ponto final no mistério envolvendo a desaparição de Saint-Exupéry. Foi derrubado por um caça alemão, que se tivesse sabido que era o escritor o piloto do avião, jamais teria feito o disparo. Porém, quando não teve mais nenhuma dúvida de que tinha sido ele próprio quem derrubou o autor, se enclausurou no silêncio. E há uma espécie de maldição dando voltas por aí, porque, bom, não é tão simples matar o Pequeno Príncipe e se livrar de toda a culpa por ordens e anonimatos.

Isso aconteceu em Toulon, Horst Rippert começou a contar para um jornalista francês. "Ele voava abaixo de mim, enquanto eu realizava uma missão de reconhecimento no mar. Vi um distintivo, me coloquei atrás dele e o derrubei." Durante a Segunda Guerra, Rippert foi piloto da Luftwaffe. "Se soubesse que era Saint-Exupéry, jamais teria atirado; na nossa juventude, todos líamos e adorávamos os livros dele", disse, ainda com a expressão de tristeza que o dominava. Muitos anos depois da guerra, o mundo teve a certeza que Saint-Exupéry desapareceu no dia 31 de julho de 1944, enquanto realizava uma expedição de reconhecimento, antes do desembarque em Provença. Estava a bordo de um Lightning P38. Com esses dados, não foi difícil para Rippert deduzir que fora ele mesmo quem havia abatido o autor. Nunca disse nada a ninguém, exceto para sua esposa, após uma bebedeira, nos anos setenta; eu matei o Pequeno Príncipe, eu matei o Pequeno Príncipe, disse nessa noite, com a voz embargada pelo álcool.

O Pequeno Príncipe é uma criança sem balão. Tinha abandonado seu asteroide graças a uns pássaros selvagens. Viaja para onde o vento do espaço o carrega.

E aquilo de Adelir, o padre brasileiro, não é um suicídio? Como é que não sabe como funciona um GPS?

De Saint-Exupéry costuma se dizer isso, que tentava se suicidar, ou melhor, surdo à vertigem, procurava ajuda em um passo que não conseguia dar. Pelo menos é o que afirma Bernard Mark, historiador da aviação.

Belas Artes 61

O que poderia tê-lo levado a querer tirar a própria vida após ter escrito um livro como *O Pequeno Príncipe*? O que se vê desde tão alto? A mesma coisa que desde o abismo, como Primo Levi? Dizem que uma semana antes de desaparecer, Saint-Exupéry disse alguma coisa que dava pistas das suas ideias suicidas. De fato, quando sobrevoava Turim, meses antes do que aconteceu em Provença, realizou uma série de manobras muito peculiares. Os alemães não abrem fogo por estranhar a "indiferença do francês que não mudou sua rota quando entrou em linha de fogo". "O próprio Saint-Exupéry disse que quando os viu, girou o retrovisor e ficou esperando", afirma Bernard Mark. "Nunca vi o piloto", declara Rippert. "Nunca vi um paraquedas se abrindo". "Poderia tê-lo feito?" Rippert dá de ombros. Olha para a câmera. Talvez, disse, talvez pudesse ter feito isso, e põe a mão no rosto. Tem oitenta e poucos anos. E parece uma criança.

Certa noite, a mulher de Rippert entra de repente na sala dele. Rippert se assusta. Pensava que ela estava jantando com as amigas. A mulher começa a explicar as razões da presença dela (pelo que parece, uma das amigas não se sentiu bem e a reunião acabou antes de começar), quando nota que na mesa de trabalho do seu marido há centenas de folhas desenhadas. E todas têm o mesmo desenho: cordeiros. De todos os tamanhos e formas. Pintados com pastel, óleo, lápis, rascunhados, carvão, com tinta chinesa. Centenas de cordeiros. Durante anos, desde que soube que matou Saint-Exupéry, Rippert os desenhou. Toda noite desenhava pelo menos um cordeiro, e o guardava a sete chaves. A mulher de Rippert então sentiu a mesma coisa que Shelley Duvall em *O iluminado*, quando descobriu que seu marido, Jack Torrance (Jack Nicholson), estava longe de escrever seu romance, motivo pelo qual tinha aceitado ser zelador de um hotel em Colorado, no inverno. Milhares de vezes, centenas de páginas escritas com a mesma coisa, foi o que Shelley Duvall encontrou: *All work and no play makes Jack a dull boy*. Um mantra. Desse modo, a mulher de Rippert vê, em um segundo, como seu marido desenhou, durante anos, milhares de cordeiros sob a lua da Baviera, guardando-os em silêncio. Cordeiros que às vezes são como o grito de Abramovic, que perde sua voz até ficar afônica. Rippert fica sem tinta, sem óleos, e o cordeiro da madrugada aparece como um fantasma, puro contorno, corpo aguado. E Rippert o guarda desse jeito, sem nem o retocar depois. Foi feito assim, permanece assim. Os pulmões de Adelir de Carli, sacerdote dos caminhoneiros, lá em cima, já sem uma gota sequer de oxigênio. O vazio se abre entre os alvéolos. Como se tivesse descoberto seu marido com uma amante, a mulher de Rippert pergunta e treme. O que são todos esses cordeiros. O que é isso, que significa isso? A mulher espalha os cordeiros na mesa. Desenhos, óleos, aquarelas, rascunhos. E Rippert, nada. Não diz nada. É vazio. São só cordeiros, mulher, diz depois de um tempo, sem a olhar nos olhos, e sua voz é um fio que amarra outro balão. O que tem demais em desenhar cordeiros. Está certo, ela responde. Não tem nada demais em desenhar um ou dois ou trinta. Mas não centenas deles. Centenas. Sua mulher está a ponto de chorar. Um cristal finíssimo e os cordeiros que balem como tenores. Rippert levanta a vista. Os olhos vítreos. Desenho apenas cordeiros, meu bem.

Belas Artes 63

Anos depois, bêbado, derrotado, disse que tinha matado o Pequeno Príncipe, e nem passou pela cabeça da sua mulher aqueles cordeiros desenhados. Matou ao Pequeno Príncipe? Como assim matou o Pequeno Príncipe? Que Pequeno Príncipe? Saint-Exupéry. Eu matei Saint-Exupéry. Guardados a sete chaves, estão os recortes de jornais que Rippert mantém, não deixando nenhuma dúvida.

Alguns anos antes do evento em Provença, havia desaparecido no céu Amelia Earhart. Pioneira da aviação norte-americana, Amelia deve ter sido uma das mulheres mais lindas do mundo. Em diversas fotos se pode ver sua impressionante semelhança com a escultura da rainha Nefertiti. Os lábios grossos, o nariz de Cleópatra, um olhar doce e ao mesmo tempo penetrante. Amelia, tão parecida a Lindbergh, o homem mais famoso do mundo em sua época, que sozinho sobrevoou o Atlântico. A semelhança física entre eles era notável. O que de algum modo realça a imagem de Amelia, pois o aviador americano era o exato sonho americano. Lindbergh: nazista, antissemita, um superman que não via com bons olhos uma guerra contra Hitler. Herói que tem um filho sequestrado e morto. Uma tragédia americana. Surge um suspeito: imigrante alemão, um tal de Hauptmann. Como se defende diante do júri? Desenhando cordeiros, dando a cada um, um cordeiro, e outro para o juiz, e outro para o desenhista do jornal.

Falta pouco para a guerra e León Wertz, o amigo a quem Saint-Exupéry dedica O Pequeno Príncipe, já esqueceu como se desenha um cordeiro. Se refugia e passa fome e frio, se lê na dedicatória. Lindbergh sabia desenhar cordeiros? Seriam parecidos aos cordeiros que Hauptmann, o suposto assassino do seu filho, distribui ao júri, antes de acabar na cadeira elétrica? Por que desenhar um cordeiro, perguntaria Amelia Earhart nas nuvens; melhor ainda, embora redundante, uma águia, um condor. Por que um cordeiro se o que vem é um porco, Adelir de Carli, você que está nos céus escutando Pink Floyd, não previu que um bando de pássaros, como os que transportam o Pequeno Príncipe para a terra, poderiam furar os balões e você cair como se supõe que o avião de Amelia Earhart caiu, perto do Havaí, onde morreu Lindbergh? Se supõe, porque nunca se soube nada dela.

Cordeiros de deus. Vazio que engole tudo. Como Cleópatra, o Pequeno Príncipe procura sua morte voluntária na picada de uma serpente.

Em cima e embaixo: Auschwitz, uma vertigem que emudece, tira o fôlego, esvazia os pulmões. Cordeiros. Desenhar cordeiros antes que lá em cima a noite abra sua boca na boca do nosso corpo. Desenhar cordeiros: a única salvação.

4 Enuma Elish

Uma coisa realmente curiosa: nesse século, ninguém produziu mais imagens que os muçulmanos iconoclastas que derrubaram as Torres Gêmeas. A mais famosa de todas elas, sem dúvida, a do homem que cai de cabeça para baixo. Do outro lado da câmera que capta sua queda, se encontra Richard Drew, um fotógrafo que jamais ganhará um Pulitzer por essa foto. Já tinha tirado outra mais famosa: a de Robert Kennedy morto por um tiro na cabeça. Sujo de sangue, Drew não ouve os gritos de Ethel, a esposa do senador, para que não tirem fotos de seu marido. Os gritos da posteridade são mais convincentes. Do homem do salto já existem vários ensaios e romances. E para que não se lançasse de uma vez contra o chão, durante um tempo ninguém quis revelar o nome dele. No entanto, como pudor e jornalista só se encontram de vez em quando, uma pesquisa profunda desencava o mistério e já não resta consolo para ninguém. O nome está em qualquer página da web. A mãe sabe que quem cai é seu filho, o sangue corrige miopias e presbiopias, mas não quer desvelá-lo.

Os nomes próprios, como todas as palavras, também têm seu reverso, só que a fresta que se abre ao pronunciá-lo acontece por poucos segundos a cada cem anos, se flertamos com o exagero. Vai lá, ninguém pronuncia mal o nome do próprio filho ou de seu pai ou seu próprio nome. O que aconteceria se o fizéssemos? Não há um certo chei-

Belas Artes 67

ro a morte quando o pai pronuncia mal o nome do filho? Como lebres noturnas, seduzidas ao atravessar a estrada: ficamos assim ao escutá-lo. Há praticamente uma impossibilidade física em uma mãe para que pronuncia mal o nome do filho. É o contrário de alguém o que aparece ali. A sombra exige uma dimensão a mais.

Suspenso no ar, dividindo em duas partes a torre que faz as vezes de telão, ninguém dirá seu nome. E se a emoção da mãe a fizessem pronunciá-lo mal? Uma fresta se abriria, uma fresta pela qual poderia escapar para sempre e ir diretamente, digamos, para o zoológico espacial de Tralfamadore? E alguém poderia escrever errado, escrever *Trafalmadore*, para que outra porta seja aberta, e sabe-se lá onde isso iria terminar.

O homem em queda passa exatamente pelo centro de um pano de fundo em que de um lado há luz e do outro, sombra. Parece ser negro ou mulato, veste uma camisa salmão, pelo que se consegue observar nas reproduções mais nítidas da foto. Cai de cabeça para baixo, divide o que é do que não: justamente pela vertical que separa luz e sombra, e permanece aí no meio, como lhe ensinaram seus pais, justamente no meio, porque na vida todos os extremos são ruins.

A estética e o abominável dão as mãos; esse é o verdadeiro horror da foto: a estética involuntária. Como evitar cair na percepção plástica, tirar o sujeito dali e ver nada mais que alguém retido eternamente nas formas puras? Certa vez li um poema que começava assim: *A árvore onde se enforcou papai era muito bonita.*

Dois dias antes desse salto, em 9 de setembro de 2001, na cidade de Córdoba, o escritor Jorge Barón Biza se atira desde a varanda do décimo segundo andar. Um minuto antes de que o sol nascesse pela última vez. Tinha passado a noite inteira escutando música clássica, e já no fim, no volume máximo, uma música estranhíssima, com trompetes e saxes dissonantes, lembra um incomodado e consternado vizinho.

Estava quase chamando a polícia, afirma em *La Voz del Interior*. Depois a música para de tocar e vem um silêncio que foi um forte alívio. Cai Barón Biza e é o último de uma série de suicídios enumerados na orelha do seu único livro, *O deserto e a semente*, editado em 1999. Seu pai se mata com um tiro, sua mãe e seu irmão se jogam no vazio. A primeira mulher do seu pai – que estava um pouco louco, escrevia romances pornográficos e desfigurou sua segunda esposa usando ácido sulfúrico – era uma atriz austríaca, que se apaixonou perdidamente por ele, veio morar em Córdoba, caiu do seu avião particular e seu marido construiu para ela um Taj Mahal próprio, em cuja base, ele gosta de dizer, estão enterradas as inalcançáveis joias milionárias.

Ninguém viu Barón Biza cair, pelo contrário: todos viam sua ascensão. Um primeiro e único livro lhe bastou para voar bem alto.

E enquanto isso, qual música tocava na cabeça dele? Ninguém viu Barón Biza cair, e olha que na orelha do seu livro ele tinha escrito de maneira bem clara que era quase impossível evitar um destino que tinha levado seu pai, sua mãe e sua irmã. Nisso tudo, há algum laço sanguíneo?

Há alguma coisa na linguagem?

Belas Artes 69

"Escrevo isso porque é a melhor maneira que encontro para conhecer meus irmãos", está numa carta de Wittgenstein a Bertrand Russell.

Alguma coisa no sangue? Como Primo Levi e seu avô. Dos avós também se herda a cor dos olhos.

E como é possível que ninguém tenha visto Barón Biza cair?

A queda de um vale por todos: o homem que cai de cabeça para baixo das Torres Gêmeas é o único morto que aparece na cobertura midiática. Ou a ponto de morrer, porque se encontra nesse estado que não é nem uma coisa nem outra. De acordo com a fotografia, parou de gritar, e pela velocidade em que cai, seus pulmões já não podem receber ar.

Como é que você vai acreditar nessa cigana de Times Square, que diz que você vai se suicidar amanhã, se Brenda está louca por você e acabam de ir para esse escritório de onde se vê Manhattan inteira, meu chapa?

E em Paranaguá todos mantêm a esperança de que Drew, o fotógrafo do homem do salto, saia de noite caçando o padre brilhante, para que não caia iluminado como Ícaro, e tire a foto mais bela do mundo: a que detém a morte, prorroga o inevitável: foto de carteirinha para a burocracia metafísica. Nem mortos nem vivos possuem as fotos mais famosas da história. Anônimos nos umbrais.

E lá foram os caminhoneiros procurar Drew no aeroporto de São Paulo. Pagaram uma passagem da American Airlines para ele. Drew chegou por volta das dez da noite e nem lhe deram tempo para descansar da viagem: poderia fazer isso mais tarde, em um bom hotel que tinham reservado para ele.

No primeiro entardecer, o levam até um morro, e no segundo, para a praia. Tinha dito que poderia ficar dois dias. As melhores horas para avistar o padre eram o entardecer e o amanhecer, que é quando o sol pode pegar em cheio, sem deixar a visão turva. Sobe o morro, acompanhado de uma multidão que se acomoda lá em cima, em silêncio. Quando o sol se põe, centenas de pássaros começam sua ensurdecedora assembleia. Drew não consegue distinguir os outros animais: macacos? Tigres? Pouco, quase nada, é o que ele sabe de zoologia, mas, bem, na selva costuma haver esse tipo de bicho.

Estrelas fugazes são vistas. Os caminhoneiros leem os presságios. A coisa é grandiosa. Ninguém diz nada, as cabeças levantadas para o céu, como se aguardassem chuva. Faz tempo que a busca foi suspensa, pelo menos de maneira oficial. Não há mais helicópteros, embora de vez em quando passe um aviãozinho particular, piloto Opus Dei que procura sua própria salvação salvando outras pessoas. Nada. O padre não aparece.

No dia seguinte, vão à praia. Drew entra num bote. Remam até que desaparece a costa. Reina o silêncio.

Muito depois, Drew dirá que aquilo tudo lhe pareceu uma loucura, e na verdade continua parecendo. Mas naquele instante, no meio do mar, esperando ver no céu um padre voador, para que possa fotografá-lo e salvar sua alma, porque o homem já deveria estar morto (já deveria estar morto?), pareceu-lhe a coisa mais verdadeira que tinha vivido em anos. Senti, disse para um jornal, senti que esta-

Belas Artes 71

va diante da verdade quando vi o rosto dos caminhoneiros no barquinho, que como se fossem um pêndulo, olhavam ora o céu, ora para mim. E quando eu olhava para eles, me indicavam para eu não tirar os olhos do céu. Começou a escurecer. A única foto que Drew pôde tirar foi a de seus colegas de barco. Sorrisos amarelos, sorrisos sinceros. Quando anoiteceu, mais uma vez as estrelas fugazes, e então centenas de estrelas, dessas que as luzes de uma cidade sufocam assim que nascem. Impossível ver o padre. Viam satélites, alguma nave dando voltas pelo planeta. E o padre não seria uma dessas luzes? A santidade põe fogo nos corpos e os balões também devem ser impregnados assim. Faro para as naves noturnas, Adelir de Carli, senhor dos caminhoneiros, amo das aves migratórias, eterna criança com balões multicolores, você se afasta cada vez mais do planeta, já sem ar, rumo a vai saber onde.

Bela, intrépida, vertiginosa: Miriam Stefford compartilha atributos com Amelia Earhart. Atriz suíça que se tornou aviadora, ela se acidenta em San Juan, em 1931. Em sua memória, seu marido, Barón Biza, constrói em Córdoba o maior mausoléu da Argentina. Uma asa de avião, cravada na terra, com mais de oitenta metros, pela qual uma cruz de luz é projetada, justamente em direção ao caixão da sua mulher, que sabe-se lá de quais tragédias se salvou ao ter morrido. Culpa ou dor, ou as duas coisas, justificam tamanha quantidade de concreto armado. Sempre foi falado que Barón Biza sabia que Miriam o enganava com seu instrutor de voo, e que ele próprio teria feito algo para que o avião tivesse uma falha mecânica. Debaixo do mausoléu estão as joias de Miriam. E obviamente há uma maldição rondando ali, para quem tente profanar a tumba. Porque tudo era excessivo na vida desse homem que acabou metendo um tiro em si mesmo, depois de ter desfigurado sua segunda esposa com ácido. E ela, assim que recuperou seu rosto, ou o que pôde ser recuperado dele, simplesmente se joga no vazio.

Miriam não atuou em mais do que três filmes de nomes previsíveis. Para se ter uma ideia: *Pôquer de ases* é um deles. Assim como Amelia, queria unir a Argentina e os Estados Unidos em um voo triunfante. Teve de se conformar em ter chegado às catorzes capitais das províncias argentinas de então.

O avião caiu no Valle de la Luna, em San Juan.

No aeroporto de São Paulo, Drew se despede dos caminhoneiros. Tiram algumas últimas fotos. Se senta ao lado da janela, em um dos últimos lugares. E sempre o fascina essa sensação inverossímil de que o avião levante voo. Imediatamente, as luzes de São Paulo se multiplicam aos milhares. O rosto é refletido na janela. Desde fora, pode ver sua imagem assustada, repleto de manchas brilhantes, amareladas, brancas, avermelhadas.

Antes de o sol surgir no horizonte, Barón Biza se atira da janela. Uma última corrida, chegar ao chão antes de o primeiro ponto dourado aparecer no horizonte. Engolir esse ponto com a boca cheia dos últimos sons que se despedem. Em que tom é o último grito? Parece um trem que vai se afastando. A boca bem aberta, para que o corpo caia pleno de luz.

Belas Artes 73

5 Tinnitus

Durante esses dias em que o padre desapareceu, saiu nos jornais que o governo chinês tinha decidido que sua agência espacial enviaria um filósofo na sua próxima expedição, para que ele pudesse refletir sobre suas experiências fora do planeta. A filosofia chinesa se encontra bem longe das perguntas da sua prima ocidental. De fato, só pergunta quando conhece a resposta. Bem, se pensarmos um pouco, isso é a sabedoria, não? Obter respostas sem perguntar nada. Deveríamos esperar algum haicai desse filósofo? Lao Tsé sem nunca ter abandonado seu posto de funcionário na corte do imperador, sabia muitas coisas, e as sabia muito bem. Quando se isolou no bosque, para não voltar mais, um guarda do palácio, que tinha escutado a sabedoria dele, lhe pediu que escrevesse para a posteridade. Lao Tse expandiu seu saber até alcançar os cinco mil signos; por isso seu livro, o *Tao Te King*, também é conhecido por esse nome.

O Comitê de Ciências Humanas e Filosofia da China anuncia o nome de três filósofos selecionados para a viagem. Deng Jigme, Zhang Yun e Li Xiannian. Nomes que não significam nada para as pessoas desse lado do mundo e talvez nem mesmo para as do outro, que possuem outras preocupações. Três professores. Um triunfa e dois se consolam: presença midiática, aumento do currículo, material para outras reflexões.

Belas Artes 75

Os filósofos se conhecem, claro, porém não são o que se poderia chamar de amigos. É provável que Ligme e Xiannian tenham um grau de afinidade construído em congressos. Existe mais de um livro que reúne ensaios deles. Mas fora do mundo acadêmico, não há nada que os aproxime. No dia seguinte do comunicado aos filósofos, a notícia chegou à imprensa. E há uma imprensa preguiçosa que não sabe bem o que perguntar. O assunto não passou de uma notinha que só apareceria de novo no dia do lançamento do foguete. Contracapa dominical. O que espera encontrar lá em cima? Foi uma das perguntas. Acredita em Deus?, outra (sério). Zhang Yun mora nos subúrbios de Shangai, a dois quarteirões da estação de trem. Às vezes, sai para caminhar à tarde pelas vias, com seu filho de sete anos. Caminham brincando de se equilibrar, vendo quem cai primeiro. Caminham como crucificados. Não se deve olhar onde o pé está apoiando, mas sim focar a visão ao longe, no lugar em que as vias se encontram, ou seja, no infinito. Se a planta do pé é apoiada com suavidade, quase em um ângulo de quarenta e cinco graus, levantando-a rapidamente, como se a via estivesse quente, o equilíbrio pode ser mantido com certa facilidade. A única coisa que faz os equilibristas caírem é a concentração. Está ficando tarde, diz Zhang Yun para seu filho, que quer ficar um pouco mais. Lá longe se escuta o apito de uma locomotiva. O pai se vira. Ao contrário do raio: primeiro o som, depois a imagem. Ainda está longe.

A cada reportagem, Sun Ra explicava bem claramente: tinha vindo desde o espaço exterior, com a missão de salvar o mundo com sua música e, se isso não estava bem entendido, bastava o filme filmado em 1974, *Space is the place*, para quem quiser compreender a índole sacramental dessa questão. Às vezes, dizia que vinha de Saturno. Outras, de um planeta desconhecido, para além do sistema solar, de onde era possível reconhecer as raízes das suas ideias musicais. Foi onde as escutou. Como se lê. Sim. Nesse planeta. Na verdade, quase não existem dados legais sobre seu nascimento, e o registro da Biblioteca do Congresso, em Washington, é ignorado, pois pode ser uma fraude. Sua composição mais conhecida é "Pink Elephant on Parade". No filme da Disney, *Dumbo*, pode ser escutada/vista.

Sun Ra nunca explicou muito bem como é que tinha, desde Saturno ou sei lá de onde, chegado ao nosso planeta; simplesmente dizia que era "obrigado a estar aqui, assim que tudo o que faço por esse planeta é porque o Amo-Criador do Universo me obriga. Pertenço a outra dimensão. Estou nesse planeta porque as pessoas precisam de mim".

Com a Solar Arkestra – antes se chamava Solar Myth Arkestra, Myth Science Arkestra e Omniverse Arkestra –, gravou inúmeros discos. As capas dos álbuns são simplesmente absurdas. A música também, mas em outro sentido: uma mistura de big band, hard pop, psicodélico, sons espaciais tipo Pink Floyd, primitivismo e um fascinante etcétera. Pioneiro em fundir a música com aquilo que ela carrega, sua banda, de turnê pelo planeta, era acompanhada por um alfaiate capaz de juntar túnicas sacerdotais egípcias com trajes espaciais metalizados, como os dos filmes

Belas Artes 77

dos anos cinquenta. Entre Ed Wood e Anubis. A banda costumava tocar no meio do público, os saxofones gritavam como dervixes, Sun tocava piano e regia; seus braços giravam, marcando compassos dentro de um coquetel de sons em que ficava difícil separar um do outro. Os saxes chegavam a um lugar que jamais tinham chegado, a base rítmica, um desaforado metrônomo a ponto de sair rolando. Músicos de primeira linha entre os quais brilhava o sax de John Gilmore, mão direita durante quase quarenta anos. Gilmore morre dois meses depois que o grande Sun parte na sua viagem definitiva para o planeta onde, dizem, a música é composta tocando todas as notas ao mesmo tempo, sem sequências. Apenas as mudanças de volume permitem saber que se está escutando alguma coisa.

Mais uma vez a locomotiva apita. Um som que é um feixe ao qual falta um prisma para descompor-se nas sete notas musicais.

Pela via, pensa Yun: o tom do telefone, o celular, o zumbido do PC, os barulhos do lar, não são todos uma mesma vibração?

Não foi assim que Kubrick concebeu o som do monolito negro no seu filme *2001: uma Odisseia no espaço?*

Escutem, diz Sun Ra em meio ao caos sonoro, em Filmore's, Chicago, escutem com atenção o colchão que se formou: estamos tocando nossa canção.

Pela via, pensa Yun: não se pode conseguir esse som juntando o que se separou.

Os sons do lar, os ruídos brancos, caramba, são os que uniformizam e dão ordens ao corpo: levantar-se, caminhar, correr, deitar-se, parar.

É o ruído que o exército de Sun combate determinadamente para salvar o mundo. Acabar com a ditadura dos sons que são a malha que nos protege da natureza.

Pela via, pensa Yun: que é que escolhe o som dos aparelhos eletrônicos?

Sun Ra e sua orquestra respondem à pergunta Isso é vida? com uma gargalhada de cinco minutos, na canção "Neptune", do disco *Discipline 27-II*.

Sobre a via, Yun caminha se equilibrando, com seu filho. Lá em cima, em órbita, o sentido do equilíbrio desaparece e a sensação é a de uma queda livre constante, por mais que a nave circule pela Via Láctea. Se chama enjoo espacial, e, além de náuseas, pode produzir ilusões óticas.

O filósofo se prepara durante meses. Mas há alguma coisa amolecida nele. Se até os militares e astronautas mais fortes sofrem de enjoo espacial (muito mais da metade deles).

E um dos órgãos do ouvido interno que é afetado é a cóclea, que tem forma de espiral, como as melhores galáxias, e é onde fica o sentido do equilíbrio.

E é curioso, mas o enjoo espacial, essa sensação de queda, parece uma descida por um caracol gigante e infinito. Um nautilus.

Belas Artes 79

E ao redor da cóclea se origina o tinnitus, esse som persistente, agudo, um apito, ruído branco, um telefone que ninguém atende, um trem se afastando, campainhas.

E as galáxias como um maelstrom gigante.

Um novelo de lã.

E sem sair mais da órbita, nosso filósofo verá cores que tilintam. Vaga-lumes do espaço, balões fosforescentes. Será que não existe isso que o capitão Dave Bowman, em *2001*, via, esses brilhos, línguas de luz que chegavam desde o infinito. O filósofo saberá muito bem quando estiver alucinando.

O tinnitus possui diferentes matizes, mudam de volume. Uma única nota permanente, como se suspensa, sem essa ideia de queda. Então acontece o equilíbrio, o equilíbrio é alcançado por esse ruído que parece vir do fundo do ouvido, subindo pelo labirinto da cóclea, do fundo das galáxias mais longínquas. Como um pentagrama escrito em clave de sol.

A música das esferas: não é o que procurava o artista alemão Wolfgang Flatz, antes de ficar pendurado como um crucificado ao bater com a cabeça em um sino, fazendo as vezes de badalo?

Sim. Em 2001, Wolfgang Flatz jogou uma vaca desde o helicóptero. Uma holando, como a vaca da capa do disco do Pink Floyd, uma vaca morta, sem vísceras, com fogos artificiais dentro dela, para que explodisse em mil pedaços e se espalhasse pelo centro de Berlim. Picadinho para todo mundo. A vaca foi jogada desde um helicóptero a mais ou menos quarenta metros de altura. Caiu no pátio de um centro cultural no bairro de Prenzlauer Berg, alta Berlim. Enquanto acontecia isso, Flatz estava pendurado num guincho, como o homem vitruviano, uma crucificação matematizada, se pensarmos bem: na cabeça de Vitruvio, Da Vinci e tantos outros do Renascimento, um acordo feliz entre ciência e religião.

Ou ainda: a maneira como a razão crucifica o homem. Coberto de sangue, talvez da vaca sacrificada para a performance. Os propósitos conscientes de Flatz, aquilo que ele mesmo fala sobre seu trabalho, são bem sem graça: *Fleisch* – como foi chamada a obra – tem como finalidade, diz ele, questionar as relações do homem com a carne, seu corpo, os medos... Às vezes não deveriam deixar os artistas falarem.

Mas estávamos na música das esferas. Houve outra performance, mais parecida com as de Marina Abramovic, quando a cabeça de Wolfgang Flatz, em 1990, se transforma em badalo e começa a bater num sino, até o artista ficar inconsciente. Um mantra gong que ressoa desde dentro, como os que Sun Ra tocava com sua Arkestra. Vinte minutos disso. E a cabeça de Flatz de um lado para o outro do sino até que sua própria cabeça se transforme em sino. Quando acontece isso, quando seu próprio miolo é uma caixa de ressonância, Flatz desmaia, se transforma em sino e finalmente deixa de soar, ou pelo menos deixa de escutar-se, porque os sons bem lá dentro se foram e foram com ele para muito além do sistema solar.

É assim que Yun quer levar o apito do trem. O ruído branco.

Belas Artes 81

Sun Ra não possui certidão legal de nascimento. O único documento que atesta sua existência é o da Biblioteca que afirma que pousou no Alabama. No seu passaporte, aparece o nome Le Sony'r Ra. Na inigualável *Space is the place*, dirigida por John Coney, Sun Ra chega desde Saturno, em uma nave impulsionada por uma música de jazz para salvar a raça negra, que se encontra em poder de O Capataz, aliado da Nasa e do FBI, num peculiar jogo de cartas.

Para Sun Ra era muito difícil demitir algum músico. Normalmente, o *modus operandi* era deixar o músico abandonado lá onde se encontrava no momento. Mais de um incidente diplomático acabou fazendo com que um saxofonista ou percussionista ficasse abandonado em algum país exótico. Finlândia, Índia, Egito. O saxofonista barítono Pepper Fleming era muito jovem quando entrou na banda. Não era nenhum superdotado, ou seja, a excessiva prolixidade dos seus medos acabou com a paciência do bom Sun, que decidiu afastá-lo. Ou melhor, a banda decide se afastar dele e partir em direção a outros planetas, deixando o pobre cristão em terra de faraós sem nada mais que uma mala em que levava uma muda de roupa e o saxofone. Acordou muito tarde, conta ele em uma entrevista. No lobby do hotel foi avisado que a banda já tinha feito o *check out* e que provavelmente já estavam no aeroporto. Fleming pegou um táxi, inutilmente e a toda velocidade. *Casablanca*: Fleming abraça o taxista enquanto vê o avião se afastando. Pode ser o início de uma grande amizade ou de um conflito diplomático. Pepper Fleming se transformou em um competente músico de sessão. Em algumas canções dos Carpenters seu talento pode ser apreciado.

A locomotiva apita outra vez, mais próxima. Yun tenta distinguir matizes e, realmente, parece que há matizes. Assim, crucificado, caminhando em cima do que não tem fim, se aproxima de seu filho e consegue tocá-lo com os dedos. O filho se queixa depois de tropeçar. O padre tropeça com ele e cai primeiro. Sobem de novo na via e querem caminhar de mãos dadas, mas mal conseguem tocar os dedos um do outro.

No 11 de setembro, a coisa mais espantosa era escutar o barulho das pessoas caindo. Quando se via o corpo cair, não se ouvia o barulho.

E o contrário também.

Prismas. Lá em cima, não seríamos prismas?, se pergunta o filósofo sobre a via.

Um cão se junta ao cortejo, dá um latido que é mais instinto que outra coisa e começa a cheirar entre as pedras da linha férrea. O filho pega um galho e atira longe. O cão continua fazendo a mesma coisa. Terceiro apito, o trem está mais perto. Yun se vira. O trem fez a curva e já se aproxima. Fala para seu filho descer. O cão, um pouco sem forças, abandona a via e se afasta. Descem da via. O filho pega a mão do pai, se afastam um pouco e esperam o trem. A Grande Muralha pode ser vista desde o espaço?, pergunta o filho. Ao longo da Grande Muralha estão enterrados mais de dez milhões de chineses. O maior cemitério do mundo. Nada que o homem tenha feito é visto desde o espaço. Sim, responde Yun, verei a Grande Muralha.

Belas Artes 83

Dois minutos depois, o trem passa. Com um braço levantado, o maquinista acena para a criança, que olha seu pai e ri, levantando as mãos. Alguns passageiros olham pela janela e acenam. O trem se afasta por aquilo que nunca vai se encontrar a não ser na teoria. Um último apito que se prolonga no ouvido de Yun, que observa os vagões e sabe que ali há uma margem, mas que o oceano que deve atravessar não se cruza nadando.

Wolfgang Flatz nunca se recuperou totalmente da sua performance.

A orquestra de Sun Ra vivia em comunidade, e embora sua base terrestre fosse na Filadélfia, dando voltas pelo mundo para "expressar o infinito e resolver equações cósmicas desde um plano musical".

Qualquer um dos três filósofos selecionados poderia ter viajado. Houve um questionário, uma entrevista com autoridades, exames psicofísicos. Tudo mais ou menos previsível. Algumas perguntas desconcertantes: qual sua cor preferida?, que música ouve? Respostas óbvias: azul, vermelho, verde, Bach.

Lá fora da nave, a temperatura pode chegar a duzentos e setenta graus abaixo de zero, Yun sabe. Esse frio é o do Vazio? Existe alguma coisa assim? O Vazio, o Nada. Ou é o frio das linhas, da rede de ondas e partículas que constituem as ondas de rádio e outras coisas.

Isso é o Tao?

Como Sun Ra teria desenhado um cordeiro? Qual é o cordeiro dos deuses egípcios? Na verdade, o Pequeno Príncipe faz desenhar cordeiros, mas ele mesmo não desenhou nenhum. Como faria? E Adelir de Carli continua subindo, caiu ou foi resgatado pela orquestra de Sun Ra?

A ausência de ar faz com que seja impossível sons no espaço.

6 Bolhas

O mais corajoso do mundo era filho de um carpinteiro e de uma camponesa. Assim como os animais, sabia apenas o que tinha de saber e isso bastou para que chegasse até onde ninguém jamais tinha chegado, de tão alto que voou. O refrão é conhecido: nas trincheiras não há ateus; deus, como os vaga-lumes, escreveu Schopenhauer, brilha apenas na escuridão. Nas trincheiras, a única luz possível é a do fogo inimigo. E lá em cima no espaço, onde a escuridão é total, ou seja, nem se nota o inimigo, a vinte e sete mil quilômetros por hora, dentro de uma pequena nave que assim que atingir a atmosfera chegará a mil graus, e sem nenhum computador controlando o processo, Yuri Gagarin, sem sentir enjoo, com voz firme e em posição fetal, exclama: Não vejo nenhum deus aqui em cima. Isso sim que é ter culhões.

Yuri Gagarin é escolhido entre mais de três mil candidatos para realizar o primeiro voo tripulado fora da atmosfera terrestre. Um filho de uma camponesa e um carpinteiro preserva melhor o espírito socialista que alguém que tenha como pai um professor e um nome de origem alemã: Gherman Titov ficou de fora, depois de dois *tie-breaks*.

Ao voltar, haverá selos, praças, parques, elementos químicos, muros. Tudo em nome dele e por conta do Estado russo. Uma viagem de uma hora e quarenta e oito minutos

Belas Artes 87

em volta do planeta basta para que ele perdure na memória humana. Em Moscou, foi erguida uma estátua de quarenta metros em sua homenagem. Na escultura de titânio, parece um homem foguete. Super-herói no país dos iguais, há um busto seu na avenida dos Cosmonautas, em Moscou.

A nave de Yuri Gagarin aterrissa em Tajtarova, Sibéria. Uma camponesa o viu cair a uns duzentos metros de distância. Nervosa e assustada, vai até ele e pergunta se caiu do céu. Sim, responde Gagarin, com um sorriso. Essa anedota era leitura obrigatória nas escolas russas, pelo menos até 1989.

Viu meu Ivan?, pergunta a camponesa, e abandonamos a página impressa. Gagarin a olha com uma expressão incrédula. Ivan?

Sim, meu Ivan. Morreu de frio em Kolyma. Viu Ivan? Viu meu Ivan?

Gagarin sabe o que responder, mas se cala.

A patrulha de resgate demora. A camponesa o leva para casa, uma cabana simples capaz de suportar todo o frio siberiano. Cheira a couve-flor. Sai vapor de algumas panelas. Gagarin se senta diante de uma mesa. Há três cadeiras duras. A mulher serve vodca. Yuri Gagarin não sabe que será o primeiro de uma interminável série de tragos. Se voltar para o céu, leva esse agasalho. A mulher lhe entrega um casaco de feltro.

A morte de Yuri Gagarin é cercada de mistério. Falece sem saber que o homem, um ano depois, chegará à lua. Dia 27 de março de 1968, bate com seu Mig 15, um avião de combate, perto de Moscou. As especulações sobre o acidente incluem turbulências, falhas mecânicas, erro humano, álcool.

Escutam essa banda? É a orquestra de Glenn Miller em turnê pela Europa. Música para que os soldados americanos se sintam em casa, disparando contra alemães como fazem contra cervos no Oregon, patos silvestres em Arkansas e negros do Alabama no Alabama. Um alemão negro seria o Santo Graal, pensa mais se uma pessoa lá (sim, sim).

Glenn Miller compõe somente grandes sucessos, dirige uma banda de jazz sem negros, toca trombone; falta pouco para que seu avião se perca para sempre no Canal da Mancha e assim se torne um grande herói americano; nove anos depois, serão filmadas as vicissitudes de uma vida bem ácida para tanta pátria. A verdadeira patrulha americana é a orquestra: leva seu bom humor a todas as frentes de batalha; síncope otimista, longe do aspecto marcial que os assuntos bélicos impõem por seu próprio peso. E como toca suas serenatas à luz do luar, os soldados lutam suaves, se esquivam com toda graça das balas alemãs. Salgueiros de Bashô. Entre os soldados que o ouvem e que uivam como lobos nessa noite, em um quartel na periferia de Londres, há muitos negros. Um deles, calado como ovelha, se pergunta por que não está ele lá em cima, *on the stage*, já que pode tocar muito melhor que todos aqueles branquelos juntos. Por que estou aqui, sentado com uma arma entre as pernas? Há algum injusto tomando a cena. Uma voz interior quase inaudível sussurra paciência para Pepper Fleming. Ainda falta muito para que a nave de Sun Ra aterrisse em Cleveland e o leve na turnê para salvar o mundo com seus solos de saxofone. Pelo menos quinze anos.

Nessa noite, amigos, nessa noite estamos em festa: é o último concerto de Glenn Miller em Londres; depois

Belas Artes 89

irá ao puteiro e será esfaqueado na saída, segundo o relato de algumas pessoas; de manhã, será internado em um hospital, porque o câncer de pulmão está muito avançado, segundo outras pessoas; de tarde rumará para a França e o avião nunca chegará, segundo informa a fama, e jamais teremos conhecimento nem dele nem da tripulação. Músico, piloto, e copiloto engolidos por um mar em calmaria. Pelo que parece, o avião cai em espiral, abatido pelos próprios ingleses que, para aliviar o peso da carga, após um ataque malsucedido contra os alemães, soltam bombas no mar; uma delas acaba pegando ou tocando no avião de Miller. Miller cai na água e se transforma em alimento para peixes, se é que podemos confiar nessa informação, porque, verdade seja dita, o avião nunca foi encontrado. E porque todo país precisa de heróis, não custa nada imaginar Miller agarrado com o trombone enquanto o avião cai no Mar do Norte. Será que Adelir de Carli, patrono dos santos balões, caiu na água, rei pescador comido por seus próprios peixes? Devemos imaginar o mesmo destino para Glenn Miller? Três pessoas e um trombone jazem na cabine afundada. Pela boca do instrumento sai uma bolha de ar contendo o último grito de Miller, como se fosse o âmbar que captura o mosquito dos dinossauros. Engasgado no interior do trombone, o grito não espera que nenhum peixe se meta por dentro dele e sopre por boa vontade; a mesma pressão da água faz com que a bolha saia espalhando-se lentamente, um grito surdo, como a cabeça de um feto que tem de romper a bolsa amniótica e atravessar o canal de parto. Mas aqui a bolsa se rompe apenas no final. O oceano é o mesmo ventre infinito por onde flutua o bebê da última cena do filme de Kubrick, *2001: Uma odisseia no espaço*. O bebê, o feto, na verdade, viaja pelo espaço rumo a nosso planeta, para trazer, segundo se queira interpretar, os degraus mais avançados do nosso progresso, para formar uma nova humanidade; um salto evolutivo, se com esse pensamento interpretamos a função do gracioso monólito negro que aparece de vez em quando no filme; um rei pescador, talvez, quer dizer, o feto, que acaba sendo comido pelos outros, pela sua própria criação. Não, não é a ideia de Kubrick nesse filme. No entanto, o bebê não é como os outros fetos que conhecem apenas o coração da mãe como única e monocorde trilha sonora. O bebê do espaço percebe apenas o interminável som do monólito; seu sol é outro. E enquanto isso, deve haver nesse momento na Terra uns sessenta milhões de fetos nadando no oceano sem tempo do interior de suas mães, escutando o latido de um sol vermelho e invisível que comunica um ao outro, pois nenhuma linguagem os atravessa. Mas o bebê que vem do espaço traz consigo melodias de Tralfamadore enclausuradas na bolsa flutuante, um balão transparente. Será difícil que o entendam. Lá embaixo, no oceano, a bolha já deixou o trombone de Miller e está quase chegando à superfície. E quando estourar, para onde irá o grito libertado, a nota aberta para todas as melodias? Pura vibração à espera de um ouvido que a acolha. A onda ainda é silêncio. Ainda é silêncio o bebê do espaço no seu útero quentinho, que o protege dos duzentos graus abaixo de zero. As agulhas de gelo do espaço conseguirão abortá-lo? Kubrick já havia terminado seu filme anterior, *Dr. Strangelove*, com um personagem que avança para a Terra: na última cena o major

Kong monta na bomba atômica presa no avião e cavalga como se estivesse sobre um cavalo. Bem, na verdade se trata disso, não é mesmo um dos cavaleiros do Apocalipse? Se afasta, cai gritando como um vaqueiro texano, e sua voz é a única coisa que pode ser ouvida; não há música de fundo, apenas uma voz no espaço, tomando ar de vez em quando, porque nem em sonho o major Kong imagina que alguém morre assim. Na verdade, caindo com a bomba entre as suas pernas, se sente mais vivo do que nunca.

Com carregamento atômico, justamente um ano antes do atentado às Torres Gêmeas, afunda – já debaixo d'água –, no mar de Barents, o submarino russo Kursk. Tinha sido batizado em 1995, por um sacerdote ortodoxo. Casco externo de aço a cromo níquel: um Titanic debaixo d'água. A reconstrução russa após o muro, o orgulho intacto. Quando todas as portas fecharam e as janelas vedadas, o perigo se esconde dentro: pela ferrugem de um torpedo entra um gás de nome impossível, que ao ser disparado, gera uma explosão. Um exercício de tiro com um torpedo. Bastava uma simples tabela periódica. Na velocidade de um carateca, quatro compartimentos são inundados. No quinto estão os reatores nucleares. Fez bem o sacerdote ortodoxo em bendizê-los? Deus sempre é encontrado nas desculpas. O submarino afunda e toca o fundo. Somente dezesseis dias depois a marinha reconhece a tragédia e pede ajuda internacional. Lá dentro sobreviveram não sei quantos marinheiros. Uma bolha gigante de ar comprimido, extinguindo-se à medida que atravessa os pulmões. Os marinheiros estão no escuro. Calcula-se que tenham aguentado seis dias. Um frágil sinal de rádio, monocorde, chega. De repente, quando o inevitável é aceito, a pulsação cessa, do som monocorde do rádio não se espera nenhuma interrupção repentina; finalmente se apaga e ninguém nota; depois, alguém tosse, e todos tossem. Nada. As vozes desapareceram da garganta dos marinheiros. Faz tempo que deixaram de cantar, e também de chorar, e também de falar. Se ajeitam, se encolhem, o joelho e o queixo se juntam ao peito.

Viu meu Ivan lá de cima?, pergunta a senhora mais uma vez, e Gagarin pega o casaco de feltro. Às vezes vem, diz ela, vem pelos túneis. Yuri Gagarin sabe muito bem do que ela fala. Quando o frio supera os trinta e cinco abaixo de zero, o ar adquire uma densidade tal que parece uma cortina de névoa iluminada, o hálito congelado de uma boca gigante, ou as palavras congeladas, suspensas, dos deuses do inverno. Caminhando ao relento, as pessoas cavam um túnel com seu corpo. Assim escreve Ryszard Kapuscinski no seu livro *O império*: "O corredor tem a forma da silhueta da pessoa que passa. A pessoa passa, mas o corredor permanece, fica imóvel na névoa".

Não vi meu Ivan, mas vi seu contorno no inverno, caminha pelo povoado, mas nunca chega em casa. Está perdido. Ivan se perdeu. Gagarin serve mais vodca. Na prateleira da cabana há um crucifixo.

A camponesa não disse seu nome. Tem um lenço preto amarrado na cabeça e um avental manchado de gordura. Em menos de uma hora, o cosmonauta é resgatado por uma patrulha. A camponesa pensa que o levarão de volta ao céu. Yuri Gagarin beija a testa dela. Está feliz, voltou são e salvo da viagem. Ao ficar sozinha, a camponesa observa que o

Belas Artes 93

senhor que caiu do céu deixou o casaco de feltro para seu filho. Sorri e chora ao mesmo tempo. Esfrega as mãos no avental, como se as tivessem secando. Contra qual ouvido seu choro seco reverberará quando atravessar os corredores do inverno? Pode chegar até Kolyma.

Aonde acabará essa onda que emergiu do mar para se transformar em som; contra qual ouvido se chocará para se transformar no último grito do homem que deu para a época mais sombria do século a trilha sonora mais bela e alegre. E o assunto termina quando a patrulha americana lança as duas bombas. Em *Dr. Strangelove*, enquanto as duas bombas atômicas explodem, antes do título, se escuta Vera Lynn cantando "We'll Meet Again", a canção mais famosa da Segunda Guerra; até onde se sabe, a orquestra de Glenn Miller nunca a gravou nem sequer tocou.

A patrulha americana volta para as ruas de Nova Iorque. Desfila na Quinta Avenida enquanto milhares de papéis coloridos são lançados desde os edifícios, em meio àquela algazarra, aos risos, os beijos nos soldados. Todos os músicos da orquestra voltaram para casa, todos menos Glenn, que nunca verá nenhum papel cair de edifício algum, mas seguirá ele próprio caindo com o avião no Canal da Mancha, seu trombone na mão, onde a última nota ficou solta, o último grito, que chega à superfície, arrebenta e se propaga diretamente para cima até ser detido por uma gaivota. Sente um zumbidinho, e o leva para algum arrecife para que se refugie antes que a noite caia.

7 Pirilampos

A cadela Laika foi lançada ao espaço em novembro de 1957, desde a base de Baikonur; hoje se sabe que não sobreviveu às duas semanas, conforme foi dito, mas sim que sete horas depois de deixar a Terra, o aquecimento da nave, somado a um estresse muito grande, acabaram com a vida dela. Durante esses quinze dias, muitos camponeses, vencendo o frio, se reuniram para observá-la. Era difícil se confundir: naquela época, apenas dois satélites orbitavam. Os camponeses acendiam uma fogueira e atiravam pequenos pedaços de carne no fogo, ossos que demoravam a queimar. Quinze dias, sem faltar nenhum, por causa de uma cadela de rua que um oficial do serviço aeronáutico encontrou e a quem bastou dois meses de treinamento para alcançar a eternidade. Quinze dias, a cadela passeando pelas noites claras, saudada com gritos e brindes de vodca.

O sol bate no topo do Everest. O alpinista tem uma máscara de oxigênio; sua mão direita levanta uma série de bandeiras irreconhecíveis, embora todos saibam que uma delas é a inglesa. A foto parece um santinho. Ao contrário do que se pensa, não se trata de Edmund Hillary, o primeiro homem a chegar ao topo da montanha mais alta do planeta. Hillary é quem faz a foto, o alpinista fotografado é seu ajudante, Tensing Norkay, um *sherpa* humilde e crucial que, em agradecimento aos deuses de Chomilunga – nome original do

Everest –, cavou um buraco no topo, em que pôs chocolates, balas e biscoitos. Edmund Hillary media dois metros e seu rosto aparece nas cédulas na Nova Zelândia.

Muitos quiseram reconhecer no homem de terno marrom, parado na calçada, bem ao fundo à direita, na capa do disco *Abbey Road*, a imagem de Pete Best, primeiro baterista dos Beatles, que já afastado da banda, trabalhava numa repartição pública. Na verdade, certa vez George Martin, o produtor musical do grupo, disse que o homem ao fundo era um tal de Bob Ferry, Perry ou alguma coisa assim, que tinha parado de repente, ao ver os *Fab Four* atravessando a rua para a sessão de fotos. Perry ou Ferry se apresentou em várias oportunidades nos escritórios do grupo para verificar se tinha aparecido ou não na foto, porque justamente no momento do flash estava saindo da casa da sua amante, domicílio que sua esposa já suspeitava.

Por outro lado, são muitos os ingleses que garantem ser esse homem de marrom.

Enquanto Neil Armstrong e Buzz Aldrin pisavam na lua, Michel Collins permanecia no controle do módulo Columbia, orbitando ao redor da lua a exatamente cento e onze quilômetros. Se sabia que um dos três astronautas não desceria: trata-se do homem mais importante da expedição, pois é quem garante a volta. Nem o melhor dos argumentos, nem o abraço da sua mulher, Jodie, consolam Collins.

A foto mais famosa de Neil Armstrong na lua é uma em que Buzz Aldrin aparece. Armstrong tirou a foto, sua imagem é refletida no capacete do seu colega.

8 Vagalumes

Tanto nos homens como nos animais: por um mecanismo de sobrevivência, a visão sempre recai sobre aquilo que se desloca. Um movimento involuntário inscrito nos genes. O repentino ou significa perigo ou é alimento, a biologia não oferece muitas opções mais. É bem difícil manter uma conversa se um televisor estiver ligado; as pupilas vão direto para a tela.

Quem terá sido o primeiro a olhar para a noite sem a intenção de procurar nada, nem mesmo sossego. Livre de perguntas, concentrado na quietude, em absoluto estado de desamparo: uma inocência rupestre. Por que teria feito tal coisa? Olhos imunes às estrelas fugazes, aos cometas e outros foguinhos. Pupila virgem de metafísicas.

Nenhum animal olha para o céu. Por isso o céu, para os xamãs, está sempre cheio de animais.

Todas as noites, há um haicai ilegível, gigante, inalterável, sobre nossas cabeças. Um haicai que se desloca com lentidão, como se esperasse que alguém o fosse apanhar.

Um relato que repousa sobre si, cultivado com nervuras de gelo invisível, que acaba despertando quem consegue lê-lo.

Um relato intraduzível. Porque, claro, não se trata de um relato. Nem de poema.

Belas Artes 97

E além disso, está escrito em todos os idiomas ao mesmo tempo. Nos do passado e nos do futuro. Ou seja, apenas um bebê pode lê-lo. Mas os bebês não observam as estrelas. De noite, dormem.

Se pensarmos bem, basta virar a cabeça para o céu e a boca se abre, como se o corpo já soubesse. Uma espécie de memória ancestral. E depois, quem conseguir ler o haicai, abre mais ainda a boca, e se alguma coisa sai dali, é em forma de grito, de berro, até esvaziar os pulmões.

Nada com muito sentido. Como as estrelas observadas por um astrônomo.

E todos os vagalumes que gritam quando conseguem ler o haicai, gritam na mesma afinação: que não é um Lá 440, mas um Lá 449. É assim por ser um número primo, difícil de ser obtido em laboratório.

Muito raramente aparece um caçador de haicais.

Por isso devemos nos conformar com os relatos sobre esses vagalumes ou alguns pirilampos que não acenderam totalmente. Ou se consumiram muito rápido nem nunca ferveram. Talvez seja melhor para eles. Uma brasa branda.

E algumas histórias caem no esquecimento, como a do capitão Servet, que na batalha de Marne deu uma ordem com dislexia – qual terá sido a palavra mal pronunciada? – e abriu um buraco negro no meio do combate, e seu batalhão nunca mais foi visto. Há outra versão dos fatos: os soldados voltaram quando a guerra tinha terminado; voltavam de um lugar cheio de animais, disseram, e nenhum deles ria.

Ninguém deixa de tremer quando o frio escreve o nome dos seus filhos nos ossos.

No fim de tudo, se pensarmos bem, as estrelas fogem de nós desde o início. E toda noite se encontram mais longe, ainda que pareçam estar sempre no mesmo lugar. Mas não deveríamos nos sentir solitários por causa disso. Não. Não mesmo. Enquanto haja um fogo, haverá uma história que aguarda ser contada. Então abriremos bem a boca e engoliremos tudo o que pudermos da noite. E pela primeira vez, começará a mesma canção.

Apêndice

As seguintes pessoas que aparecem nesse livro possuem um asteroide em sua homenagem:

Glenn Miller
Kurt Vonnegut
Amelia Earhart
Saint-Exupéry
Yuri Gagarin
Bertrand Russell
Stanley Kubrick
Neil Armstrong
Buzz Aldrin
Michel Collins
Jürgen Habermas
Edmund Hillary

Pink Floyd, Lao Tse, Glenn Gould, Pascal, Jackson Pollock, Balzac, Schopenhauer e Bach, que são apenas mencionados no texto, também possuem seu próprio asteroide.

O asteroide número 12.477 recebe o nome de Haicai.

AGRADECIMENTOS

A Guillermo Martínez, pela sua generosidade desinteressada, que facilitou as condições para a escrita desse livro.

Ao Apexart Curatorial Program e seu diretor Steve Rand, por um magnífico período de residência em Nova Iorque.

Este livro foi composto em Fairfield para a Editora Moinhos, em papel pólen soft, enquanto Gal Costa cantava *Vapor Barato*.

*

Era outubro de 2019.
O presidente do Brasil fazia o seu povo passar uma das maiores vergonhas perante o mundo, pois mentia veementemente em seu discurso proferido na ONU.